写生の物語

yoshimoto takaaki
吉本隆明

講談社文芸文庫

JN166317

目次

写生の物語

起源以前のこと

　まえに短歌（謡）の起源について、じぶんなりのかんがえを書いたことがあった。その考察は和語の語法や韻律について、さまざまな方向へ手触りをのばしてゆく基になった。そのなかに解きえない謎のようにのこったことがある。

　それは起源以前があるのかどうかということだ。短歌の死が論議されることは現在でもある。でも短歌の死後が論じられることはない。宗教者ならば人間の死後の世界をいうことがあるように、胎生以前を前世としていうことがある。わたしは宗教者でないから前生とか死後の世界を実体化することはありえない。ただ別の概念を対応させることはできる。それは前生と死後とが同致してしまう無意識の領域がありうるものと想定することだ。おなじ言い方をすれば短歌（謡）の起源以前をかんがえることは短歌（謡）の起源と死とがおなじことを意味するような仕方で、その〈おなじこと〉の意味をとりあげることだといえよう。これはひとりでに短歌の起源以前ということを領域あるいは場所のひろがりとしてみることとおなじになる。また必然的に短歌の死を領域や場所としてみることとおなじことを意味する。

ここではわかりやすいところから触れてみたい。

（接頭辞）

『万葉集』

巻一 79 佐保川に　い行き至りて　（接頭辞い）

巻四 619 たわらはの　音のみ泣きつつ　（接頭辞た）

巻十 1960 物思《ものも》ふと　寝《い》ねぬ朝明《あさけ》に　霍公鳥《ほととぎす》　鳴きてさ渡る　すべなきまでに　（接頭辞さ）

巻十 2011 天の川　い向ひ立ちて　恋《こほ》しらに　言だに告げむ　妻問ふまでは　（接頭辞い）

巻十 2021 遠妻と　手枕交《か》へて　さ寝る夜は　鶏《とり》がねな鳴き　明けば明けぬとも　（接頭辞さ、否定接頭辞な）

巻十 2050 明日よりは わが玉床を うち払ひ 君とい寝ずて ひとりかも寝む （接頭辞い）

巻十 2091 彦星の 川瀬を渡る さ小舟の え行きて泊《は》てむ 川津し思ほゆ （接頭辞さ、え）

『万葉集』（接尾辞）

巻二 93 玉くしげ 覆《おほ》ふを易《やす》み あけて行かば 君が名はあれど わが名し惜しも （接尾辞し）

巻三 237 否と言へど 語れ語れと 詔《の》らせこそ 志斐《しひ》いは奏《まを》せ 強語《しひがたり》と言ふ （接尾辞い）

巻四 553 天雲の そきへの極み 遠けども こころし行けば 恋ふるものかも （接尾辞し）

巻十一 2752 我妹子《わぎもこ》を 聞き都賀野辺《つがのべ》の しなひ合歓木《ねぶ》 吾は忍び得ず 間なくし思へば （接尾辞し）

巻十二 3161 在千潟《ありちがた》 あり慰めて 行かめども 家なる妹い おほほしみせむ （接尾辞い）

巻二十 4329 八十国《やそくに》は 難波《なには》に集ひ 船飾 吾がせむ日ろを 見も人もがも （接尾辞ろ）

ここに挙げたような接頭辞「い」「た」「さ」「な」や、接尾辞「し」「い」「ろ」などは、いまはほとんど使われないことはもちろんのこと、存在も忘れられかけている。また語として歌脈のなかで意味を問われても、答えるほどの意味をいうことは不可能に近くなっている。それならば「てにをは」のような助詞の機能をはたしているかといえば、そんなこともない。それでは韻律の調子をととのえるための短い（ほとんど一字二音素の）添えもの的な言葉遣いというべきだろうか。たしかにそれはとても有力な考え方のひとつのようにおもえる。また何らかの意味があるものだという考え方もありうる。たとえばここに挙げた例でも「鶏がね｜な鳴き」の「な」は否定の意味をのこしている。また例えば「み｜幸」という語をかんがえるとして、この「み」は尊称の意味をのこしているといえる。これらを総称してある名詞語の前につくばあいを接頭辞、後につくばあいを接尾辞といえば、これを品詞の分類のなかに入れることは難しいことになる。いいかえれば墓場をきめることができないような、さ迷える死語のようにおもわれる。だがその由緒を探してみる手段はあるような気がする。それは『おもろさうし』だ。

『おもろさうし』

第一　21　島討ち富｜押し浮けて

（「島討ち富」という名の船を　浮べて）
（接尾辞「富」は、船の名称何々丸というときの丸にあたる）

第一　22　御愛《みかな》しけ按司《あじ》添《おそ》い
（敬愛する按司さま）
（「御愛しけ」は尊いという意味の尊称の接頭辞）
（「添《おそ》い」は何々様という尊称の接尾辞）

第一　37　吾が搔い撫で按司添い
（わたしたちのお慕いする按司さま）
（「搔い撫で」は愛しいという接頭辞、「添い」は何々様という接尾辞）

第四　191　鼓《つづみ》の按司鳴《な》り加那志《かなし》
（按司さまのように立派に鳴る鼓さま）
（「按司鳴り」「加那志」ともに鼓を擬人化しているときの接頭、接尾辞の美称）

この191番の歌謡の一行をとると典型的にわかるが、鼓が擬人化されたうえで、つぎつぎに美称の接頭、接尾辞が重ねられて、逆語序になって表現されている。「按司鳴り加那志」の鼓、あるいは「按司鳴り」鼓「加那志」というのが正語序になる。『おもろさうし』では接頭辞も接尾辞も、尊称や美称の名詞または形容詞や動詞化した名詞としての固有の意味をもちながら、しかも接頭辞や接尾辞としての機能をはたしている。ここの例でいえば「鼓の按司鳴り加那志」のように尊称や美称の意味をもてば、いくらでも接頭辞や接尾辞をつけ加えることができる語法をもっている。たとえばこの歌謡の次の行を融合して「鼓の按司鳴り報国《ふうくに》打《う》ち寄《よ》せ加那志《かなし》」のようにすれば〈打つと国に果報をもたらすような〉という美称が「鼓」に、さらに重ねられることになる。

　このような語法は『万葉集』にある「い」とか「た」とか「さ」のような接頭辞や、「し」とか「い」のような接尾辞が、もとをただせばある意味をもった語が縮退した形ではないかという推測を許すようにおもえる。助詞でもなく助動詞でもないのに意味をもっていないようにみえる「い」や「さ」や「し」のような接頭、接尾の辞がありうるのは、そのためではないのだろうか。なぜそんなことになったかといえば、奈良朝以後の和語が、中国語の影響である程度抽象的な語法を混和するようになるとともに、接頭語や接尾辞も具象的な意味を失って縮退するようになったとかんがえることができる。美称や尊称や和称の意味が語から失われ、語そのものも限りなく一字二音素に近づいてゆく過程が想定されてくる。現在では「鼓の按司鳴り加那志」のような、単なる美称で〈立派な響き〉とか〈素晴しい響き〉とかいうだけの意味のことを「按司鳴り」のように〈按司さまのように立派な音の響き〉と具象的な言い廻しをし、しかも考えられるだけ美称になる語をつぎつぎつけ加えてゆくことができる語法は、アイヌ語にしかのこっていない。だが起源以前の和語をかんがえるとおなじような語法がありえたことを推測することができる。
もうひとつ例を挙げてみる。これも現在では死んでしまった語法といっていい。

『万葉集』

巻十　2228　萩の花　咲きのををりを　見よとかも　月夜の清き　恋まさらくに
（動詞「咲く」の名詞化）

巻十　2234　一日《ひとひ》には　千重《ちへ》しくしくに　わが恋ふる　妹があたりに　時雨《しぐれ》降れ見む
（「降る」という動詞の名詞化）

巻十一　2449　香具山に　雲居たなびき　おほほしく　相見し子らを　後《のち》恋ひむかも
（「雲が居る」の名詞化）

巻十七　3907　山城の　久邇《くに》の都は　春されば　花咲きををり　秋されば　もみじ葉にほひ
（「花咲く」の名詞化）

巻二十　4376　旅行《たびゆき》に　行くと知らずて　母父《あもしし》に　言申《ことまを》さずて　今ぞ悔しけ
（「旅行く」の名詞化）

これは現在からみれば当然に動詞とか助動詞とかが名詞のうしろにきて、その名詞で指されたものの動態をあらわすことになっているものだ。それが一体になって名詞化していて、動態をあらわすには、そのうしろに一体になった部分の繰り返しや説明に似た動詞をつけくわえたと受けとれる。しかし逆にその当時（ということはこの語法がうまれた当初）は、名詞的な動態、あるいは動態化された名詞の語法しかなかったとみることができる。この奈良朝以後、しだいに死んでいった語法はどんな由来をもつかをかんがえるよすがの語法があるようにおもえる。それは重畳法ともいうべきものだ。

『万葉集』
巻一　46　阿騎《あき》の野に　宿る旅人　うちなびき　眠《い》も寝《ぬ》らめやも　いにしへ思ふに（眠りを寝るという語法）
巻十　1875　春されば　木《き》の木暗《このくれ》の　夕月夜　おほつかなしも　山陰にして（木の木影という語法）
巻十　2145　秋萩の　恋も尽きねば　さ雄鹿の　声い続《つ》ぎい続《つ》ぎ　恋こそまされ（つぐをつぐという語法）
巻十一　2604　思ひ出でて　ねには泣くとも　いちしろく　人の知るべく　嘆かすなゆめ（泣きに泣くという語法）
巻十一　2809　今日なれば　鼻ひ鼻ひし　眉痒み　思ひしことは　君にしありけり（鼻がむつかゆくなってという語法）

これらにみえる語法は、おなじ語を動詞のしたに動詞的にか、名詞的なしたに動詞的にか重畳する語法だといっていい。とくに「眠《い》(寝)の(も)寝らえる」という語法は慣用に近かったらしくて、数多く使われている。これはおなじ語を重ねることで強調になっているとも受けとれるし、それよりもともとこういう重ねの語法が起源以前の和語の世界につきまとっていたものだとも受けとれる。この語法が、存在または存在するものの行為の状態を別個にあらわすばあいに「雲居たなびき」のような語法の変化を生みだしたとみなせば、動詞の名詞化したものにさらに動態を加える語法がつくられたと解することができよう。あくまでも具象的な語を、形容句として繰り返すことでしか、抽象化された心意を表現することができなかった。そしてこれは和語の本質で現在でもその遺制のなかにあるといっていい。

この観点を延長して、もうひとつ言及してみたいことがある。

巻十　2347　海人小船《あまをぶね》　泊瀬《はつせ》の山に　降る雪の　日《け》長く恋ひし　君が音《おと》そする
(海人小船は「泊《はつ》」にかけた枕詞)

巻十一　2661　霊《たま》ぢはふ　神もわれをば　打棄《うつ》てこそ　しゑや命の　惜しけくもなし
(霊ぢはふは「神」の枕詞)

巻十一2818　杜若《かきつばた》　佐紀沼《さきぬ》の菅《すげ》を　笠に縫ひ　着む日を待つに　年ぞ経にける
（杜若は「さき」にかかる枕詞）

枕詞についてはわたしなりの考察が『初期歌謡論』のなかにあるが、これを起源以前の死にかねた語法のひとつとして、この場の延長でいえば、語の音韻か意味かを重畳したばあいの一種とみることもできる。「海人小船」は意味のうえで「泊《はつ》」と連結してゆき、「霊ぢはふ」は「神」の作用と同格異語の関係にあり、「杜若」はその花が〈咲く〉という意味で「佐紀」という地名の音と連結するということになる。そうすると、これを形のちがった重ねの語法とみることもできることになる。

わたしたちはここで起源以前の死語法ともいうべきものを、いくつか古い短歌（謡）のなかから拾いだしてみた。そして微かではあるがそういった死語法のあいだには、ある共通したつながりがあるような気がしてならない。もどかしい感じがするが、それでもこんなふうに起源以前をとりあげているあいだに薄紙を一枚一枚はがすように何か見えないものが見えかかっている感じがする。時代と時代の経過のあいだに、どんな語法が滅んで無くなり、どんな語法がのこって行くかはたくさんの偶然と風俗のあいだできめられてゆくにちがいない。しかし死んで起源以前にさかのぼる世界の言葉を見きわめることは、生きて現在以後に残存する言葉の規則を見きわめることと、おそらくはおなじことなのだ。

明治は遠いか

初期という匂いがする明治の短歌を象徴させるには、すくなくとも四人の歌人が要るような気がする。子規をひとつの極、啄木を正反対の他の極、そしてあいだに前田夕暮と正富汪洋をいれる。この言い方は別にもできる。ひとつの極に写実を、正反対の他の極に心理主義を、中間に相聞と生活をいれるということになる。明治は遠いという意味では、これらはすべて、歌は『古今集』をもとに読むべきだとする中世歌論を背景においていて、けっして『古今』や『新古今』の伝統を捨てていない。また明治は遠くないという意味では、これらすべては驚くほど伝統から脱出していた。

ものずきに遊廓《くるわ》への路をしへけり友出でゆきし後のさびしさ　（近藤元『驕楽』）

（非凡なる人のごとくにふるまへる　後《のち》のさびしさは　何にかたぐへむ

木屋町のゆかした泳ぎ舞姫に水あびせた児博士になつた　　石川啄木『一握の砂』
(そのかみの学校一のなまけ者　今は真面目に　はたらきて居り　　青山霞村『池塘集』)
薄命はまたも説くまい梅一鉢ほん二三冊買へる師走だ　　石川啄木『一握の砂』
(友がみなわれよりえらく見ゆる日よ　花を買ひ来て　妻としたしむ　　青山霞村『池塘集』)
秋の風、
人のことばのはしばしの、気にさはるたび、
口笛をふく。　　石川啄木『一握の砂』
(秋の風
今日よりは彼《か》のふやけたる男に
口を利かじと思ふ　　土岐哀果『黄昏に』)

啄木の短歌を主題主義で読まず、まっとうな読み方をすれば、短歌形式のなかにはじめ

て心理の一瞬の動きと構図を果敢にみちびき入れたものだといえる。

ちょっとした軽い気分のはずみから遊廓へゆく路をおしえてどうだ行ってみないかとからかったら、友だちはほんとにそのとおりでていった。そのあとのさびしさと、非凡な人みたいに偉そうな態度をしてみせたあとのさびしさとでは、遊びのなかでふと感じるさびしさと、じぶんの資質にたいする自己嫌悪にまつわられるさびしさとの違いがある。啄木のさびしさは近代意識にまつわって、理知と心情の空隙にある心理に固有のさびしさに届いているが、近藤元の短歌はそこまではいけていないさびしさだ。だが一瞬の心理の動きを短歌的な表現に定着させようと意図しているところは変らない。

木屋町の家屋の床下を流れている溝をつたわって、泳いで舞子に水をひっかけて遊んだ悪童も、いまは博士になっていたという口語詩歌の雄霞村の作品のモチーフも、啄木の子どものとき学校一の怠け者だった悪童が、いまは世帯をもって、神妙に働いているという自嘲をまじえたユーモラスな追想の心理も変わらないといっていい。ただ悪童が博士になっても世俗の転結の面白さにすぎないが、怠け学童が神妙に働いて妻子をいたわっている構図には、穿《うが》ちぬかれた心理洞察の徹底があるといえばいえる。そのつぎの短歌もおなじだ。不幸みたいな顔はすまいよ、鉢植えの梅、書物の二、三冊を年の暮れには買っても来られるんだから、というよりも、友人たちがみんなじぶんよりよい社会的な居場所に落着いているようにみえてならない日、花など買ってきて妻にやさしくしたという啄木の歌は、心理の機微を射ぬいている。啄木の口語短歌は、言いたいことを易しい言葉であやもなく吐きだしているようにみえるが、『古今集』からはじまり近世まで綿々と詠みつがれてきた短歌の伝統を、まったく心理主義的に断ちきったといえる。『古今』、『新古今』的な伝統を音数律の枠組だけをのこして心理主義的に断ちきったことは、もちろん弱点をもたらした。それはモダンの浮遊性ともいえるものだが、言葉の厚味ともいうべきものをまったく失ったことだ。言葉の厚味というのは、いいかえれば和語の無意識にまで言葉がひとりでに届いているところからやってくる。啄木はこの形式ではそういう言葉を使えなかった。啄木とまったく反対の極で、古今調の写実化ともいうべきことをやって、短歌の革新の本義とした子規などの試みを対照させてみれば、とてもよくわかる。

清元の三味の音するうら町の青柳小路春雨のふる　（香取秀眞）
亀井戸の社の庭に咲きさかる藤長うして水に垂れたり　（赤木格堂）
萩しなひ芒穂に出で、秋風の箱根山道人に逢はざりき　（岡麓）
宿かれば嵐吹きいでぬ箱根山秋はいで湯をあむ人もまれに　（岡麓）

初期の正岡子規の高弟たちの子規（竹の里人）による選歌だ。これは子規による方法が徹底的だったことを意味するか、弟子たちがすでに子規をふまえたうえで歌風を確立していたか、あるいはその両方かを意味していよう。すべてに共通している歌風はただひとつだ。古今調の歌風を写実（事実描写）化していることだ。これは同時に子規の歌風だともいえる。子規は『古今集』の歌風をもとにして詠んだ。ただ『古今集』は下句が主情的に浮揚する。子規の『古今集』の改革はこの下句を事実の記述によって抑えることだったといってよい。『古今集』の歌風はひと口にいえば、上句では自然描写からはじまり下句のほうへかけて主情の述意にスムーズに移りかわる。そうでなければ上句を自然詠についやし、それを喩の位置におくはっきりした主情の述意が、下句で対比的にやってくる。子規が絶望的になり、変えようとしたのはこのふたつに要約される定型だった。子規がセザンヌを愛好したかどうか知らないが、当面した課題はおなじだった。下句の主情の表現を静物画に変えてしまえばいい。

霜おほひの藁とりすつる芍薬の芽の紅に春の雨ふる
百花の千花を糸につらぬける藤の花房長く垂れたり
（明治三十三年『子規歌集』）

子規はけっして新しい詩的な人格ではなかった。また近代的な文学意識の持主でもなかった。そういう意味では近代西欧の文芸意識を表面にだすことが照れくさくてできない保守的な資質の持主だったといっていい。ただ子規は『歌よみに与ふる書』にあるように、

『古今集』よりも万葉調を、より重んじる考え方をもっていた。それが古今調の下句にやってくる主情的な言いまわしを抑えて、写実におきなおす理念になったとみられている。だがこれは古今調の修正の範囲をでるものではなかった。また子規の歌作は万葉調とはてもいえないばかりか、ある意味で子規系統の万葉理解を空虚なものにしたともいえよう。初期の子規と高弟たちの古今調の改革がどんな弱点をもっていたかは、前田夕暮や正富汪洋に象徴される傾向をとりだして比べてみると、はっきり照らし出される。

襟垢のつきし袷と古帽子宿をいで行くさびしき男
夕されば風吹けば木の葉散りくればうす昏のなつかしき子よ
冬の朝まづしき宿の味噌汁のにほひとともにおきいでにけり　（前田夕暮『収穫』上）

これらの歌は前田夕暮が『古今集』の影響をまったく断ち切ろうとして、子規派と逆に主情主義ともいうべきモチーフを前面に押しだしたものだ。別の言い方をすれば、子規の高弟たちが古今調の下句の主情性を写実に抑えたとすれば、前田夕暮は古今調の上句の自然詠を主情化することで一首を主情主義で貫こうとしたといいうる。なぜこれが可能だったかといえば、啄木や哀果や霞村などが修辞的に口語短歌的な傾向をすすめた地下水のような気運があったからだとおもえる。

木に花咲き君わが妻とならむ日の四月なかなか遠くもあるかな
わがふるさと相模に君とかへる日の春近うして水仙の咲く
すこやけき汝がうらわかき眼の色につつまれてあるわれなつかしむ
わが世界君にはみえず魂のふたつまどへる悲しさに生く　（前田夕暮『収穫』上）
君生《うま》れし日吾はや君を恋ふるべく母の乳吸ひて相模にありき
ああ相模妻となる子のわが母と語るがみゆる秋の日の前　（同『収穫』下）

おおくの評価があつまっているように、ここが前田夕暮の主情主義が、調和のとれた修辞で、古今調の定型を改革した典型的な作品だといえる。もちろん内容的にも前田夕暮がじぶんのニヒリズムを寛解できていた時期とみられる。ただ主情主義はまた前田夕暮の資質でもあり、『収穫』につぐ『陰影』では夕暮の調和のなかの虚無的な心情は、ちょうど啄木の不安な生活のなかの一瞬の平安とおなじところにあった。

おそろしき人のこころに触れぬやう世のすみに妻よ小鳥飼はまし　（同『陰影』）
友がみなわれよりえらく見ゆる日よ

花を買ひ来て
妻としたしむ
（石川啄木『一握の砂』）

前田夕暮のこころの闇をみる眼と、啄木が社会の闇をみる眼とが、いわばおなじ場所をさしているといってよいのかもしれぬ。この闇は得体のしれないもので、ここだと指をさすことができない形而上的な場所だった。そしてそれを見ようとする鋭い眼が、ふたりの歌人を古今調の世界から飛躍させたものだといっていい。これはいい意味でもわるい意味でも子規にはないものだった。子規の『古今集』の超え方はもっと修辞と外界を見る眼に依存していた。もちろん子規の方がつまらぬものだとはいえない。沈着に写実の眼が外界を削ってしまうほどの力をもち、それは夕暮や啄木の飽きやすいこころの動きにはないものだったから。

新妻は稚なくあれば乳母の肩に縋りて立てり山の朝の温泉《ゆ》
ふつゝかの妾にそろとそれのみに絶つは悲しく文まゐらする
夏痼君が乳母なる河添家誰れ憚らぬむつみせうとも
四つの素足四つの素足は神に耻ぢず富士ながしめに汀《なぎさ》に口吸ふ
（正富汪洋『夏ひさし』）

汪洋の短歌はエロスを喚起する構図をいつも意図して作られている。わたしたちはこの構図的な解放を明治になってはじめて産み出されたとみなすことになる。こういう世界は明治以前では廓（遊里）のなかの遊女との交渉でしか公開性をもちえないものだった。汪洋はそれを妻以前と以後の妻とのあいだに強引に構図化してみせた。言ってみればその裾野は果しなくひろがっていたことを証している。

泣くところ階子のしたのくらやみの人来ぬかげにえらびおきけり
口づけず長き黒髪さながらに百年《もゝとせ》君に思はれて居む
昨日《きそ》の身にありし力は奪はれて妻てふ名こそ世に果敢なけれ
我こゝろ添はぬを知りていや強く吸ひたまへども抱きたまへども
（矢沢孝子『雞冠木』）

君と行くに人かへりみる下京やうすものほしう宵月のして
われ君にすがらむとして傾けるかたちをおぼえこころさびしき
をんなてふ形はじめてみこころに触れまつりにし日をおもふかな
（武山英子『小紅集』）

『古今集』の部立でいえばこれらの歌は恋歌（相聞）のなかに入ることになる。だが正富汪洋の作品が構図化しえているように、恋歌ではあっても相聞ではない。相手の思惑を想像することができるし、じぶんの心の動きをとりだしてみせることもできる。だが相手に言葉を届ければ、言葉は相手に憑き、それが言葉になって戻ってくるという意味の恋歌ではない。また相手がやってこないことが恋歌の空しさの主題になっているわけではない。汪洋のような男流にも武山英子のような女流にも、心の空しさや懐疑や虚無はじぶんのエロスの表現のなかに私有されていて、相手からうけとるものでないことが自覚されてしまっている。相聞ではなく自聞ともいうべきものが恋歌になってあらわれている。まだ確かな表現にはなっていないが、これらの恋歌は恋の心理の歌に限りなく近づこうとしている。いいかえれば恋という状態が、生活の事実のなかで、ある時間を占めることが、ようやく根づく意識の場所をつかまえることができるようになっている。

啄木や子規の歌は、たしかな形で新しい明治の歌を形づくっている。しかし夕暮や汪洋の歌は、浮遊する明治ともいうべきものの無定型で不透明な言葉の空間を支えるものになっている。この歌は、心情主義の極端なところに収斂《しゅうれん》することもできれば、得体の知れないロマンティシズムにゆくこともできている。だがどうかんがえても確かな根拠をじぶんでは自覚しないままだったというほかない。汪洋の恋歌のなかに仰天するほかない作品があるが、この正体をうまく言いあてることは難かしい。だがこれが明治の恋歌であるのは、鉄幹の恋歌にもみえる主題だからたしかだとおもえる。

わが炎君が炎と触れあひて亜細亜に高く燃えもあがらば
亜細亜史を飾る一人の丈夫あり恋男なりいつはり知らぬ
一国の人を泣かせて立ちあがる絞首台上風あたゝかし　（正富汪洋『夏ひさし』）

わたしには恋愛の心理主義がとらえた空虚が、明治の主題主義に転じたときの裏と表のようにみえる。

引用歌　金田一京助編『一握の砂・悲しき玩具』（新潮文庫）
資　料　山崎敏夫編『明治歌人集』（「明治文学全集」64　筑摩書房）

遊びとしての『百人一首』

ここでいう『百人一首』は、子どものときから大ざっぱな音読の理解でなじんできた『小倉百人一首』のことだ。大ざっぱな音読の理解は、たとえば「あはれとも言ふべき人は思ほえで　身のいたづらになりぬべきかな」(謙徳公)という歌を、わたしの父親や隣家のおばさんは「思ほえで」か「思ほえて」かわからないようにしか音読してくれなかった。もちろんのこと、それを耳できいて札をさがすわたしはどちらかわからずにいた。意味としては正反対なはずなのに、正月の札とり遊びの段階では、あまり影響もなかったし、つきつめて考えもしなかった。それでたのしかったから。

いまでもわたしはこの一首の意味がよくわからない。そして嫌味をいうようだが、この和歌体をいきなり眼のまえにおかれたり、音読されたりして〈あわれ恋にやつれているなとじぶんのことを言ってくれそうなひとは思いうかばないうちに、わが身はこの世を終えることになってしまうのだろうか〉というほどの意味だと理解できるひとが、そんなにたくさんいるとはおもえない。いいかえれば「思ほえで」が正しくて「思ほえて」は間違いだということになる。この一首のような種類と質のわからなさが『百人一首』の精髄だというこことになるとおもう。たしかめるためにもうすこしこの種のわからなさに立ち入ってみたい。

(1)　かささぎの渡せる橋に置く霜の　白きを見れば夜ぞ更けにける　(中納言家持)
(2)　わびぬれば今はた同じ難波なる　みをつくしても逢はむとぞ思ふ　(元良親王)
(3)　住の江の岸に寄る波よるさへや　夢の通ひ路人目よくらむ　(藤原敏行朝臣)
(4)　名にし負はば逢坂山のさねかづら　人に知られでくるよしもがな　(三条右大臣)
(5)　誰をかも知る人にせむ高砂の　松も昔の友ならなくに　(藤原興風)
(6)　忘らるる身をば思はず誓ひてし　人の命の惜しくもあるかな　(右近)
(7)　契りきなかたみに袖をしぼりつつ　末の松山波越さじとは　(清原元輔)
(8)　かくとだにえやはいぶきのさしも草　さしも知らじな燃ゆる思ひを　(藤原実方朝臣)
(9)　滝の音は絶えて久しくなりぬれど　名こそ流れてなほ聞こえけれ　(大納言公任)
(10)　春の夜の夢ばかりなる手枕に　かひなく立たむ名こそ惜しけれ　(周防内侍)
(11)　心にもあらでうき世にながらへば　恋しかるべき夜半の月かな　(三条院)

(12) 音に聞く高師の浜のあだ波は　かけじや袖のぬれもこそすれ　（祐子内親王家紀伊）

(13) 憂かりける人を初瀬の山おろし　はげしかれとは祈らぬものを　（源俊頼朝臣）

(14) 長らへばまたこのごろやしのばれむ　憂しと見し世ぞ今は恋しき　（藤原清輔朝臣）

意味がよくわからない難解歌は、ほとんど挙げたつもりだ。難解の種類はふた色しかない。ひとつは一首を流れる意味に不明なところはひとつもないのに、その背景になっている情緒や事実がよくわからないために生れてくる難解さだ。たとえば(1)の、

かささぎの渡せる橋に置く霜の　白きを見れば夜ぞ更けにける　（中納言家持）

「かささぎの渡せる橋」というのは、七月七日の七夕の夜に、天の川にかささぎが群れをそろえて橋をわたし、そこを牽牛と織女がわたって出会うという説話を知っていれば、どこにも難解なところはなさそうにおもえる。夏の夜の銀河の星の群れが「かささぎの渡せる橋」の意味ととれる。そこに霜が置くというのは初冬になって冴えわたった天の川の星の群れの明りで、地上においた霜が白くひかってみえる。そんな霜月のころの夜半のころだということだろう。ただの叙景歌にみえるが、誰も「かささぎの渡せる橋」に「霜」が置いたという伝説の夏の七夕の天の川と、霜がその橋に置いたという叙景の継ぎ目にひっ

かかってしまう。後世のおおくは、幻のこの橋が白くみえる雲がかかっている景物のようにおもった。そして かささぎの橋と雲とを結びつける類歌が詠まれた。だがこの「かささぎの渡せる橋」は中天の銀河の星の群れの明るさの比喩とみれば、地上に置いた霜がその光で白くみえるよという意味になりそうだ。「かささぎの渡せる橋」を雲と結びつけることはいらないようにおもえる。なぜこの歌が難解になるかは、「かささぎの渡せる橋」という中国産の七夕伝説を中世の頃の歌人たちに、どんな受けとり方の重さと質で、どの程度ひろく流布されていたかが、わたしたちに難解だからだとおもえる。もうひとつとりだしてみれば、もっとよくわかる気がする。⑽の作品、

春の夜の夢ばかりなる手枕に　かひなく立たむ名こそ惜しけれ　（周防内侍）

この歌が難解だとすれば「手枕」という語の中世的な重さ、質、流布のされ方が、わたしたちに切実に実感できないからだ。わたしは子どものときから、春の夜に独りじぶんの腕枕で恋を夢みているだけなのに、恋人と伴寝をしたという評判がたってしまって口惜しいというほどに解釈してすましていた。だが注解や『千載集』雑上の「前詞」をみると、みんなと語りつかれて内侍周防が枕が欲しいと小さな声でそっとつぶやくと、大納言忠家が、これを枕にしてくださいとみすの下から腕《かいな》をさしいれたので詠んだと書いてあるか

ら、話はちがってくる。「手枕」がじぶん自身のものでなく、男の腕を意味しているのだ。情緒の背景がどうしても違ってしまうところから難解さがやってきている。
どうしてこうなるのか。わたしの古典にたいする理解力がたりないからだと言いたいところだが（そうに違いないのだが）、そうではないと言いくるめたいわけだ。つまり歌人たちは（おおく『千載集』の歌人といえば時代を指定したことになるが）、この時期に何ごとかを企てはじめているのだが、その方途がわからない過渡にあるために難解が生じているのだといいたいのだ。これをもっとつきつめてゆくと、もう一種類のちがった難解さにであう。たとえば⑿だ。

音に聞く高師の浜のあだ波は　かけじや袖のぬれもこそすれ　（祐子内親王家紀伊）

ここでもひとつは「音に聞く高師の浜」というのがどれほど名高い歌枕だったのかの実感がないために、「あだ波」をひきだすのにどうして「高師の浜」をもってくるのかがわからない。そしてもうひとつの難解さにつながってゆく。その「あだ波」である空しい恋にひき入れられて袖をぬらして泣くような失恋のうき目にあうまいというのか（つまり「かけじや」か）、またはその「あだ波」のような空しい恋にひき入れられて、袖をぬらして泣くことになったよ（つまり「かけしや」）ということか、すくなくとも音読からは判断できない。おなじことは(3)の歌の「人目よくらむ」と「人目よぐらむ」とのあいだにもおこる。また(4)の「人に知られで」と「人に知られて」のあいだにもある。(6)の「誓ひてし」と「誓ひして」のあいだにも(14)の「またこのごろや」と「まだこのごろや」のあいだにもおこる。これらは音読で清音と濁音とを読みちがえたり、分別できなかったりしただけで、意味は正反対になってしまう。この危うい音読のさいの聴きとりの困難がもたらす重要な意味の変更がなぜ、音韻が生命である朗詠をどこかで勘定にいれている歌の表現にあらわれているのだろうか。それは歌人たち、とくに専門歌人とでもいいたいような名だたる歌人たちが、歌の表現を変更しようとする過渡にあったからだとおもえる。この変更は音韻の重点から意味の重点への変更だとおもえてくる。たとえば(7)の歌と(8)の歌とを比べてみる。

契りきなかたみに袖をしぼりつつ　末の松山波越さじとは　（清原元輔）

かくとだにえやはいぶきのさしも草　さしも知らじな燃ゆる思ひを　（藤原実方朝臣）

前の歌は失敗作だとおもう。なぜなら互いに恋を失った嘆きはけっしてすまいと誓ったというのは、まったく明瞭な表現だが、「末の松山波越さじとは」というのは「末の松山」の歌枕としての重さと質がどれだけあったのか、そしてその地形はどうなっていたか、そして波がそこを越えるというのはどんな条件なのか判らないかぎりは、唐突な比喩でしかないからだ。これは『古今和歌集』以来の習慣になった和歌の言いまわし方にたいして、より複雑な意味をうち出したい欲求を、表現のうえで処理しきれないためにあらわれている唐突さや中途半端さが難解にしているとおもえる。もっと極端な例は(2)の歌だ。

わびぬれば今はた同じ難波なる　みをつくしても逢はむとぞ思ふ　（元良親王）

この歌を〈恋のうわさで悄気《しょげ》ているいまとなっては同じことだから「難波の澪標《みおつくし》」のようにこの身をささげてどうなってもいいからあのひとにあいたいとおもう〉というほどの意味にとるのは、不可能にちかいとおもえる。理由は和歌体で思いも及ばないような複雑なことを、複雑に言いまわしてやろうとしているからだ。元良親王もまた当時のプロの歌人といえるほどの力量をもっていた。そして力量のある歌人がいちように和歌表現を叙景から心意の表現に変えようと必死で試みているようにおもえる。

この視点からみてゆくと後にあげた実方の歌「かくとだにえやはいぶきの」は『百人一首』のなかで指おりの成功した作品だとおもえる。難解な言いまわしだが、すこしもあいまいさがないからだ。〈こんなふうにあなたを恋しているといえないでいるのだから、伊吹山のさしも草（よもぎ）のように、さしものことにあなたはわたしの燃えるようなおもいを知らないでしょう〉という意味は、一義的に通じる。しかも比喩の使い方や織りまぜ方も見事だし、音韻もあいまいな誤解をはさむ余地はない。伊吹山にさしも草（よもぎ）がたくさん自生していたことも、無理なく伝わってくる。

わたしの理解では難解歌の音韻的な由来と意味上の由来を一通り尋ねあてたら、『小倉百人一首』の遊びにまつわる問題点は大半いいつくしたといっていいとおもう。それ以上の詮議は国文学の研究上のことにかかわってくるだけだ。それでは『百人一首』の秀歌はどんなことになっているのか。

(1)　奥山に紅葉踏み分け鳴く鹿の　声聞く時ぞ秋は悲しき　（猿丸大夫）
(2)　小倉山峰のもみぢ葉心あらば　今ひとたびのみゆき待たなむ　（貞信公）
(3)　みかの原わきて流るるいづみ川　いつ見きとてか恋しかるらむ　（中納言兼輔）
(4)　人はいさ心も知らず古里は　花ぞ昔の香ににほひける　（紀貫之）
(5)　あらざらむこの世のほかの思ひ出に　いまひとたびの逢ふこともがな　（和泉式部）
(6)　有馬山猪名の笹原風吹けば　いでそよ人を忘れやはする　（大弐三位）
(7)　来ぬ人をまつほの浦の夕なぎに　焼くや藻塩の身もこがれつつ　（権中納言定家）

秀歌とする理由はふたつだ。意味の流れが明瞭で、音韻の流れや同音・類音の重ね具合が心持よいことだ。文字の表現に即していえば、意味の表現と比喩のイメージとが調和がとれていて巧みだということになる。ほんとうに秀歌であるかどうかを問うためには、音読のあらわれと文字表現のあらわれとの微妙なちがいをとりだしてみなければならないとおもえる。ここで秀歌として挙げたいくつかの歌は、文字表現の歌という観点からは、叙景と叙情の結びつきの意味が単純すぎるということになるかもしれない。しかしわたしの脳裏には、たえず子どものとき近所の子たちが集まって、一年に一度やった悪遊びではない、すこし改まった感じの遊びのイメージにあって、そこを判断の原点にしている。この秀歌という意味をもうすこしはっきりさせるには、純叙景歌といえるものをとりだしてみればいいとおもう。

(1) 大江山いく野の道の遠ければ　まだふみもみず天の橋立　（小式部内侍）
(2) 朝ぼらけ宇治の川霧たえだえに　あらはれわたる瀬々の網代木　（権中納言定頼）
(3) 嵐吹く三室の山のもみぢ葉は　龍田の川の錦なりけり　（能因法師）
(4) 高砂の尾上の桜咲きにけり　外山の霞立たずもあらなむ　（権中納言匡房）
(5) 秋風にたなびく雲の絶え間より　もれ出づる月の影のさやけさ　（左京大夫顕輔）
(6) 村雨の露もまだひぬ槙の葉に　霧たちのぼる秋の夕暮　（寂蓮法師）

純叙景歌といったが、ほんとはそうでない。(1)でいえば「道の遠ければ」とか「まだふみもみず」とかいう表現で、ひとりの作者の影ともいうべき存在が叙情したくおもっていることがわかる。また(2)では「川霧たえだえに」とか「あらはれわたる」とかいう言いまわしで、たんに叙景でなく、叙景したがっている一人の人間も叙景一首のなかに含まれていて、存在を主張したがっていることがわかる。そうするとさきにあげた秀歌は、叙景の奥にひそんだひとりの作者の存在感の主張がしだいに叙情にまで延びてきているか、その逆の過程で、均衡がとてもいい形になっているものだということがわかる。いやもうひとつ特色をつけ加えれば、これらの秀歌は恋歌の主題だということになる。わたしの好きな秀歌で恋歌になっていないのは、つぎの一首だけのような気がする。

世の中は常にもがもな渚漕ぐ　あまの小舟の綱手かなしも　（鎌倉右大臣）

この無常観の表白は、釈教的ではなく、存在の無常観になっていて、作者の心の色が鋼《はがね》色にみえている。

引用歌　有吉保『百人一首』（講談社学術文庫）

『神の仕事場』と『獻身』

岡井隆、塚本邦雄両家のあたらしい歌集をならべるようにして読んだ。その項が歌集の総題になっているところから二首ずつとりだしてみる。

なにがなし春の林のふところの深きつめたさ　夕粥《ゆふがゆ》を煮る
つきづきし家居《いへゐ》といへばひつそりと干《ほ》すブリーフも神の仕事場
（岡井隆『神の仕事場』）

鶺鴒の卵の罅《ひび》のあやふさの世紀末まで四萬時間
螢澤とは大阪の花街にていのちの果ての淡きともしび
（塚本邦雄『獻身』）

両方に共通した感想をいえば、言葉がおどろくほど自在になっているなあとおもった。ちょうどジャックの豆の木のように、ある高さまではこれ位だとかこうなっているとか見える気がするのに、雲の上まで延びている部分になると見えない。何となくそんな部分に入っている感じで、何か言うよりも黙っている方が批評になると感じた。
だがそれでは文章にならない。少しずつ言ってみようとおもう。
岡井隆の近作を読んですぐに眼についたのは口語脈（というよりも街頭語脈）を定型のなかに入れようとしている印象だ。そのために定型がほころびそうになるときもあるが、それは本意ではなく、不可避のばあいのほか定型にかぎられているとおもえる。

立ちかくれつつ居待月《ゐまちづき》ひむがしの空燃えそめぬ時間がないぞ
日のぐれに朝をおもふは越ゆるべき山ありしゆゑか恐らくさうだ
うすうすは知りてぞくだる碓氷嶺《うすひね》のおめえつて奴がたまんねえんだ
（『神の仕事場』「穏やかな応答」の項）

大切なのは「時間がないぞ」「恐らくさうだ」「おめえつて奴がたまんねえんだ」という街頭語的な表現にあるとおもえる。読みすすんでこの末句までくると、それ以前の上句は耳にかかわるかぎり、すっ飛んでしまうからだ。これはたとえば茂吉の「鼠の巣片づけながらいふこゑは『ああそれなのにそれなのにねえ』」と比べてみればわかる。茂吉のうたは「ああそれなのに」という流行歌を唱いながら鼠の巣を片づけているお手伝いさんの姿のイメージが浮かんでくるようにできている。岡井隆の街路にとびかう会話語の導入はまったくちがう。判断語の導入であって、それによって歌われている主体または作者自身が判断力のまにまに、それまでの句が表現している叙景や叙事を限りなく解放して歌の外に出してしまう作風になっている。たとえば引用の一首目の末句「時間がないぞ」は月の入りか日没かが間近になっているぞという意味にもとれるが、作者または主体が何か期するところが秘めてあるのだが、もう生涯の時間が切れてしまうぞという喩の二重性を背負っているようにもうけとれる。これは二首目、三首目の「恐らくさうだ」や「おめえつて奴がたまんねえんだ」もおなじだ。「恐らくさうだ」という街頭口語的な言いまわしによって「越ゆるべき山」が地勢としてひかえている山と形而上的にのり越えてゆくべき困難な山という意味の二重性を帯びてくるとおもえる。なぜかといえばこの街路口語的な言いまわしを導入したことで、ある解放感がもたらされ、それが空想や類推を一首の外に解き放つ作用をしているからだ。「おめえつて奴がたまんねえんだ」というのもおなじ用法におもえる。うすうす推察していながら碓氷嶺をくだろうとしているおまえがたまらないんだという意味と、ある事柄の本性がわからないうちにそれをよしとしてやってしまうおまえがたまらないという肯定と否定の入り混じった思いとが二重に呼び込まれている表現のようにうけとれる。もうひとつ『神の仕事場』から見つけられる岡井隆の形式上の試みがあるような気がする。

(1)　冬螢飼《ふゆぼたるか》ふ沼までは（俺たちだ）ほそいあぶない橋をわたつて
大島には連絡すると言つてたろ（言つてた）裏庭で今朝冬百舌鳥《ふゆもず》が
すまぬすまぬ表現の流れが気になつて（年だよ）帯《おび》文の冒頭の仮名《ルビ》
（「冬螢飼ふ沼までは」の項）

(2)　ふりをして寄ればふしだら冬鵙の「思ひきり悪《わる》党になつてみせうぞ」
ふりをしてグロスター公のふりをして横向いて言ふ「なにせ末世だ」
大鍋にけちな讒訴《ざんそ》は投げ入れむ（あなたもか?・いつ、あなたが?・まさか?・）
（「リチャード三世の科白によせる即興」の項）

(1)の三首における（　）《カッコ》のなかは、たぶん短歌でははじめてのものだ。オリジンは宮沢賢治の詩法だとおもう。賢治は主体または作者の意識の出どころの次元がちがった言葉を挿入するとき、しばしば（　）《カッコ》を多様につけて区別した。詩ではこの手法は流れている意想を切断することになり、意識の次元や段階を区別すること自体がポエジーを構成するとかんがえないと、せっかくの気分の流れを、ぽつぽつと切断してしまうことになる。効果という意味では疑わしいことになる。賢治はもちろんポエジーの概念を同時代の詩人たちと別様にかんがえていたので、一向に意に介しなかった。岡井隆の(1)にあげた短歌は逆に、宮沢賢治的な（　）《カッコ》の用法が二重の効果を発揮している。たとえばわかり易いから(1)の二首目を例にとれば、（言つてた）という（　）《カッコ》のなかの言葉は上句の表出の意識と、異った次元の意識から出ているか、または別人の答えの意識とうけとれるが、同時にこの（言つてた）は下句の「冬百舌鳥」が（言つてた）という意味を自然にしめしている。これは誇張して言うと短歌の表現では、かつてなかった試みになっている。ほんとかねと考えるなら(2)の三首を比べてみればいいとおもう。(2)のばあいの（　）《小カッコ》や「　」《カギカッコ》は茂吉の「ああそれなのにそれなのにねえ」と同じ効果、いいかえればただの異化効果で、鬼面ひとを驚かせる愉しさにつきるといえるものだ。ここでわたしは『神の仕事場』のなかのいい作品をどこにかんがえるか、あげてみないとまとまりがつかない気がする。例えば、

枝を画《か》きて葉を書かざれば「あとがき」のなき本に似てさびし林は　（「ぎんなん林の絵」の項）

くだりゆくエスカレーター羅《うすもの》の多くなりたる売場に映《は》えて　（「春の意地わる雪」の項）

ははそはの母を思へば産道をしぼるくれなゐの筋《きん》の力や　（「死者たちのために」の項）

時こそは死までの距離のあかるさに角《つの》振りすすめやよかたつむり

（「大盗は時をぬすめり」の項）

家はいまある境から荒野ですそこはかとなく馬が匂ひて

（「父の世代へのメッセージ」の項）

越の国小千谷《おぢや》へ行きぬ死が人を美しうするさびしい町だ

（「CDをとり出すときの」の項）

陽物《やうもつ》を摑みいだしてあけぼのの硬き尿意を解き放ちたり　（「マイナーの鳥」の項）

これくらいでも『神の仕事場』で誰がみてもいい作品だというものがいくつか入っているとおもう。即物的で即エロス的な岡井隆の背骨が初期から一貫して通っているし、それは街頭の口語のように、「永遠の場を断ち切って、現在《いま》を活性化しようと試みているようにおもえる。

ここまできて塚本邦雄の『獻身』の歌風について述べなくてはいけないのだが、特色よりも、岡井隆との類似性の方から入ってみたい気がする。岡井隆の歌風とおなじことが塚本邦雄の『獻身』にも言えるとおもえてきたからだ。初期の作品と比べればすぐにわかるが、街頭語といえないまでも、いちじるしい口語化は岡井隆とおなじ挙動のようにみえる。ただ岡井隆と目立って異なるところは、岡井隆が定型を守護しながら、避け難いばあいだけ音韻の余りや不足になっているとすれば、音韻が守護できるばあいでもそれを崩そうとしていることだ。

情死には全《また》く無縁の壯年を生きたるさびしさの花楓《はなかへで》　（『獻身』「赤貧わらふごとし」の項）

雨脚急《きふ》　ゆくさきざきも曖昧至極の日本のいづくに急ぐ　（「父を超ゆ」の項）

例えば勝手に択びだしたこの二首をみてもわかる。作者がこのままの言いまわしで定型におさめようとすれば手易いようにみえるのに、どうしてもそうしたくない韻の〈さわり〉が、いわば内在韻のかたちで作者に根ぶかく存在しているようにおもえる。それが塚本邦雄を老いさせないものでもあるとおもえる。これはもうすこしさきまで言えるかもしれない。

觀光外人チーズのにほひきずつて二條城遠侍《とほざむらひ》　三之間
棕櫚に花、聽け「われの王たることは汝の言へるごとし」（以下略）。
天氣老獪にて百本の蝙蝠傘《かうもり》のしづくがピカソ展會場汚す
ギリシァ語を修めプラトン讀まむとは空梅雨《からつゆ》某日のできごころ
折紙つきの蕩兒と聞けりアルパカの上著のすその盜人萩《ぬすびとはぎ》　（「獻身」の項）

特徴がはっきり見えるようにおもえるので、最近作からあげてみた。これはどんな朗詠の仕方をとっても結句の終末に近づくにつれて抑揚のない平坦な散文読みになってしまうものだ。たんに定型を破ろう、定型になるまいとしている〈さわり〉からだけでなく、散文にしてしまおうとする意識的な、そして無意識的な願望が、こういうどっしりした散文のすわりにしているのだとおもえる。これが塚本邦雄のいちばん特徴的な変貌と言ってよいのではないか。この塚本邦雄の韻と破定型の変貌は何に由来するのだろうか。推測するよりほかに術がないのだが、わたしは塚本邦雄の短歌の想像力のなかに、日本語による普遍的な詩の〈あるべきやう〉が、意識的にも無意識的にも音韻と音数律のうえから模索されているのではないかとかんがえたい気がする。これは岡井隆が定型と音数律と表出意識の多様な試みによって、短歌の〈あるべきやう〉がどうなってゆくのかを模索していることと、おなじモチーフを秘しているとおもえる。ここにはちょっとやそっとでどうかなると言ったものでもない短歌の現在の問題が、ひたすら半世紀も実作線上を走りつづけてきた両歌人によって、あたりまえのようにそっと、だが大切に持ち出されている。

もうひとつ塚本邦雄の作品で言ってみたいことがある。その歌作に秘められたモチーフの交叉する場で岡井隆の作品ととても似たものになってきたことだ。

勝を誓ひて家こそ出づれぬばたまの夜店の金魚掬ひ大會
ミラノより還りきたれば竹籠に飢ゑて相對死《あひたいじに》の鈴蟲
能登半島咽喉のあたりに春雷がゐすわりてわが戀歌成らず
ダヴィデ姦通、そのすゑのすゑなほすゑの君が神父になる?御冗談
理髪店「須磨」午後一時玻璃越しに赤の他人があはれ首の座（岡井隆『神の仕事場』）

電話だから甘くぐもる声なれどご批判大謝ぼくは服する
うしろへ回つて卵焼く君の邪魔をする噫《ああ》明暗のさだまらぬ吾《あ》の
押入れの上段にある春服の上衣をとつてくれたら、勝負!
思ふてふ人と日暮れの街ゆけば玉菜の価《あたひ》天井知らず
たとへばサ国家とぞいふ作品を粗《あら》くB4の線で消せるか（塚本邦雄『獻身』）

わたしにはこのあたりが岡井・塚本両家の作品が、等価にうつる場所だとおもえる。それは韻で聴いても声で聴いてもいい。韻の定型で聴けば両家の句の切り方がほとんどおなじようになっているようにおもえる。そしておなじようにおもえるところで、短歌は現在ではこうなるよりほかないというかたちで同調しているとおもえる。だが声の色合いでい

えば両家の短歌はちがっている。それは話すときの言葉が第一に異っているからだ。岡井隆はつとめて街頭口語がひびき易い声を出しているし、塚本邦雄はできるだけ格調をくずすつもりで口語を混入している。ただ両家の声から色合いや抑揚を消してしまえば、あまり異らないようにすることができる。黙読したときのせき込みかたが、ほとんど等価になっているからだ。この等価の背景は共通した短歌の舞台（についての洞察）だとおもえるのだが、あえてそれを指さすとしたら短歌の表現を生活の地面に開くことで、表現の完結感を拒否しようとしているのだと言えそうな気がする。短歌のようないちばん連綿とした伝統歌の形式が生きながら、この転換期を耐えてゆこうとすれば、生活の地面の方に開くことで、どんなこの地面の変化にもついていけるようにするほかない。両家はじつに見事に無意識のうちに短歌の耐震構造ともいうべき方法をとって、それぞれの構えをこしらえているような気がした。

吉本＝注　48頁の両家の抄出歌は出典を、故意に取り違えています。

短歌の新しい波1

1

短歌の新しい波と名づけたものの、そこへいくためにいくつかハードルをこえなくてはならない気がする。これはすべてわたしじしんがじぶんの短歌理解にいくつか懐疑をもちだしているからだ。

鳴く蟬を手握《たにぎ》りもちてその頭《あたま》をりをり見つつ童《わらべ》走せ来る
夜《よる》の雨あした凍りてこの岡に立てる冬木をしろがねとしぬ
海に入りて遊ぶ女童《めわらは》寄る波の顔にかかれば声立てて笑ふ
偃松《はひまつ》の下《した》這ひいでし山の栗鼠《りす》首ねぢ向けて我を見あげぬ

（窪田空穂『鏡葉』）

これは空穂短歌の特徴を背負って、人が景物のなかにいたり、景物の外にいたりする写生の歌とうけとれる。その特徴をいってみれば、音韻の刻み具合がなだらかで、おなじ間隔で小さく、上波形と下波形がおなじリズムで上下している。そのため温和な、静かな印象をあたえる。もう少しいえばとてもいい作品だが、最後には窪田空穂の謎にぶつかる。引用したどの作品をとってもおなじだが、蟬を手ににぎってときどきその頭のあたりに眼をやりながら、子どもが走ってくるとか、海べでよせてくる波とたわむれて遊んでいる女の子どもたちが、ときどきそのしぶきを顔にうけてしまって、笑いあっているとかいう光景を淡々としたなだらかな抑揚で詠んでいる。なぜ、どんなモチーフから、どうして詠んでいるのか。はっきりした景物の写実的な把握に詩的なモチーフを賭けているのでもないし、唱われた景物が特異なものでもないから、ことさら興味ぶかい光景が切り抜かれているともおもえない。こんな言い方をすると実作者の方から、これらの作品がどんなに巧みで優れたものか、またこれだけの叙景に到達するのはどれだけ大変か量りしれないという異議が出そうな気がする。だがそうだとしてもこれらの作品の作歌のモチーフは謎だとおもえてならない。こんなふうに日常生活の合間にぶつかる光景を、淡々と抑揚の誇張をつけずに唱うことが、短歌の形態感覚にとって本来となりうるのだろうか。あるいはまたパズル遊びのように、ある光景のなかに入りこんだり、外にでたりして、ひとつのまとまりを言葉で作りあげる作業が短歌だとみなされているのだろうか。考えは四方八方に走るがどれも決定的でない。そこが謎だとおもえる。もう少し内に入りこんでみる。空穂の作品は光景の写生のようにみえて、ほんとは光景の描写のなかに光景をみているものの眼や主観が入りこんでいて、それも光景の内包として勘定に入れられている。引用の二番目の作品でいえば、光景とそれを眼のまえで見ている眼の関わりだけでいえば、ただ冬木の枝や幹が氷に包まれて張りついているところだけなのだが、それが夜のうちに降った雨があけ方凍りついてそうなったのだという主観的な判断がくっついている。しかもこの主観的な判断が判断としてではなく、眼の前の光景の由来として光景の一部のように表現されている。たぶんこの特徴までいえば空穂短歌のすべての特色にとどくような気がする。謎は謎としてあるのだが、謎の感じを引っこめてもいいようにおもえてくる。

朝目覚め雨かと問へばうなづきし暖かき雨暮るれどやまず

相模なる曾我のあたりの小粒梅実ははかなかれこもる味よき（窪田空穂『清明の節』）

光景や事柄のうしろにもうひとり影の人物（作者自身）がいて、作歌している作者とどれだけ和解しているか計りしれない。その和解の風姿があたえる温和さ、心持よさが空穂の短歌の特徴ではないのかとおもえてくる。

彼岸《かのきし》に何をもとむるよひ闇の最上川のうへのひとつ蛍は
蛍火《ほたるび》をひとつ見いでて目守《まも》りしがいざ帰りなむ老の臥処《ふしど》に
戒律を守りし尼の命終《みやうじゆう》にあらはれたりしまぼろしあはれ
（斎藤茂吉『白き山』）

空穂短歌と比較すればすぐに分るが、第一に抑揚のリズム構成が不規則で、大きな波形があるかとおもうと小さな波形がつづき、またちがった大きさの波形がくるといった具合で、音韻と抑揚の視線から、茂吉のいわゆる生命を写すという写生は、刻みの深浅が不規則で内部生命だけに依存して造成されている状態をさしている。どうしてそうなるかといえば、茂吉にとって光景や事物を写しとるということは、じぶんに固有な生命力の形を立ち上らせる過程を意味していると、読者の側からはいえてしまう。作者のほうはそういうはずがなく、じぶんの景物や事物の切りとり方はとても切削力がつよく、選択が独特だから、それがじぶんの生命力を写すことになっていると主張するにちがいない。空穂のばあいとおなじ言い方をすれば、作歌のモチーフはとてもはっきりしていて、短歌の抑揚、音韻、音数律、対象の把握の仕方のすべてをじぶんの生命力の写生に動員しつくすことだといえばいいようにおもえてくる。

東北《とうほく》の町よりわれは帰り来てあゝ東京の秋の夜の月
税務署へ届けに行かむ道すがら馬に逢ひたりあゝ馬のかほ　（斎藤茂吉『つきかげ』）

この作品はふたつとも、じぶんの生命力を起そうとして中途でとまってしまった姿にみえる。なぜそうなったかといえば、老齢のこともあって起してリズム化するだけの生命力が衰えてなくなってしまっているからだ、といっていいとおもえる。この種の中途半端な感じは空穂短歌にはおこり得ない。はじめからじぶんの生命力をたたき起そうとせずに、じぶんと、じぶんの影であるじぶんとの和解の仕方を作歌の風姿としているからだ。ここまできて短歌作品を抑揚と音韻との固有の遣い方として読むことの方が、歌人の個性的な感受性や表現方法の違いとして評価するよりも妥当ではないのかという思いがしてくる。評釈の仕方をかんがえ直すより仕方がないようにおもえる。

2

いまことさらに生命の写し絵のなかに切迫感がひとりでに（境遇上）表出されてしまっている作品をとりだしてみる。

山の上に吾《われ》に十坪の新墾《あらき》あり蕪《かぶ》まきて食はむ饑《う》ゑ死ぬる前に

朝々に霜にうたるる水芥子《みづがらし》となりの兎と土屋とが食ふ
春の日に白鬚《しらひげ》光る流氓《りうばう》一人《ひとり》柳の花を前にしやがんでゐる
ツチヤクンクウフクと鳴きし山鳩はこぞのこと今はこゑ遠し　（土屋文明『山下水』）

診断を今はうたがはず春まひる癩《かたゐ》に堕《お》ちし身の影をぞ踏む
幾たびを術《すべ》なき便りはものすらむ今日を別れの妻が手とるも
眼も鼻も潰《つひ》え失《う》せたる身の果にしみつきて鳴くはなにの虫ぞも
鳴き交すこゑ聴きをれば雀らの一つ一つが別のこと言ふ　（明石海人『白描』）

生きのこるわれをいとしみわが髪を撫でて最期《いまは》の恋に耐へにき
真命《まいのち》の極みに堪へてししむらを敢てゆだねしわぎも子あはれ
これやこの一期《いちご》のいのち炎立《ほむらだ》ちせよと迫りし吾妹《わぎも》よ吾妹　（吉野秀雄『寒蟬集』）

飢えと貧、かつての業病、妻の死、それぞれ崖っぷちにある生命の切迫感を唱っている。ところでこの生命の切迫感は詠まれているそれぞれの主題の中味からくるのだろうか。ひと通りの意味でいえば、土屋文明の引用歌は敗戦後の飢餓状態のなかで唱われているとおもえる。明石海人の歌はかつて不治の業病のようにおもわれていた癩の宣告をうけた折の哀切さが主題だとわかる。吉野秀雄の歌は死に近いときの妻の性と愛が唱われていることが、言葉の意味内容からわかるようになっている。それでわかるように一首ずつの切迫感は歌人たちの表現の仕方と表現された意味内容とからやってきているといってい い。そしてそのあとから、ほんとにそれだけだろうかという疑問がやってくる。それを意識してとりだしてみると、二つほどある。ひとつは飢えや貧の切迫感のばあいも、不治の病気の宣告のばあいも、肉親の死に近い切迫感を唱ったばあいにも、内在音韻の共通した色合いがあるようにおもわれることだ。黙読になっても文字を読みながら頭のなかで無声の音に代えてうけとっている。その無声の音の色合いが生命の切迫の傾き具合をあらわしていて、わたしたちはそれを言葉の意味の表現といっしょに、まぎれてうけとっているのではないかとおもえる。もうひとつのことが思い浮んでくる。この種の生命の切迫感を短歌が表現しているとき音数律は無意識のうちに内部音韻と抑揚に転位している。そのため、少くとも読む意識は音数律を無化してしまっているとおもえることだ。わたしたちはこのあたりで短歌詩型の秘密に当面しているはずだ。たとえばわたしたちがもし、内在的な音韻と抑揚が生命の切迫の色合いをもつという基準から作品に接しようとして、表現された言葉の意味のつづきを第二義的なものとみなしたらどういうことになるか。春夏秋冬の自然詠だけは漠然としたままで変らないかもしれないが、「別離」や「哀傷」の古典的な区分けは、切迫と非切迫の度合によっておおきくちがってしまう気がする。

うつそみの骨身《ほねみ》を打ちて雨寒しこの世にし遇ふ最後の雨か
ひきよせて寄り添ふごとく刺《さ》ししかば声も立てなくくづをれて伏す
死《しに》すればやすき生命《いのち》と友は言ふわれもしかおもふ兵は安しも
（宮柊二『山西省』）

をさなごよ汝《いまし》が父は才《ざえ》うすくいまし負《おぶ》へば竹群《たかむら》に来《く》も
病める子よきみが名附くるごろさんのしきり啼く夜ぞゴロスケホウッホウ
新しきとしのひかりの檻に射し象や駱駝はなにおもふらむ
（同『日本挽歌』）

まえの三首は『山西省』のなかの文字どおり生命の受難の限界のところで唱われた切迫感の言葉から成り立っている。あとの三首は『日本挽歌』のなかの主題からいえば日常性のひとこまの場面の歌だが、無声の内在音韻はどちらもおなじ生命の切迫を伝えてくる。それはなぜだろうか。ふつうの言い方で資質がもっている固有のリズム感が切実だったというのが、さしあたって妥当のようにおもえる。たとえば、幼い子どもを背負ってお守りをしながら竹林のところへやってきた散歩のひとこまと、〈おまえの父おやは才能が乏しい〉という述懐は、ふつうならば重々しく切実すぎて結びつかないだろう。だがこの歌人が結びつけると、いわば資質的な自然として成り立ち、生命の切迫感を伝えるものとなる。これは三首目のお正月の遊びに動物園に出かけていったこころを、軽くすませることができず、言葉のない象や駱駝がたくさんの物思いをかくしているように感受する重々しさでもおなじだ。もっと極端に言葉が意味するものと内在的な音韻や抑揚とが矛盾してしまう例を、すぐに挙げられる。

不可思議のしづけさつくる音にして小さき時計《ち》の秒すすむ音
娶らんとする青年が欲しと言ひ贈らんと言ひ釜買ひに出づ
惑ひつつ梅雨ふかき道にいでてきつわが妻襤褸《らんる》子らも襤褸　（宮柊二『日本挽歌』）

夜、小さい時計が小さい時を刻んでいる。結婚する若者に何か欲しいものないかといったら、釜が欲しいと言ったから、釜を買いにでた。梅雨でぬかるみがふかい道になっている、出ようかよそうかまどいながら道にでた。妻も子どももお粗末なもの着てるなとおもった。これだけのことは資質に固有な内在的な生命リズムが浅く軽かったらポエジーを構成しないだろう。そうかんがえるとこの歌人の特徴は言葉が叙述する意味内容と内在的な音韻や抑揚の切迫性との極端な矛盾から成り立っているといえるような気がする。わたしたちは短歌的なさまざまな主題が固有の音数律を、すこしはみだしたり意識的にちぢめられたりして作品が成り立っているとかんがえていても、何もさしつかえがない場合もある。だがこの考え方は音数律が内在的な音韻と抑揚に転化して短歌的な生命の切迫を伝えるように思えた場面へくると成り立たない。第一に短歌においても主題はさまざまありうるという概念が成りたたなくなる。この論のはじめに返った言い方をすれば、短歌的な主題は叙景や叙事のなかに、景物や事物を叙するわたしが内包されているか、その外にあるか、またその極限のところで生命の切迫であるか、または叙するわたしとわたしの影との対話であるかというところに還元されてしまう。そして短歌の主題の多様さとみえるものは、これらの共通性のなかのさまざまな影の反映にすぎないとかんがえられてくる。

短歌の新しい波2

短歌の表現が自由の感じを与えないのはどうしてか、また自由の感じを与えるのはどうしてか。これが新しくわたしを疑問に駆りたてるもうひとつの主題だ。そういうよりもわたしがいままでいい加減にしてきたもうひとつの主題だといったほうが正直にちかい。じぶんでは原因を歌人の個性や作歌の方法の師伝や流派の傾向に帰着させて済ましてきた。これは短歌表現の自由さや不自由さについてのじぶんの好みということに対応するばかりで、身も蓋もない。定家は実朝に乞われて歌の心得を説いた「近代秀歌」のなかで、本歌を取るばあいにはなだらかに取るべきことを説いている。なだらかとはどういうことか、ほんとうにかんがえると難しい気がする。それが証拠にというのもおかしいが、わたしが実作を検証してみたかぎり実朝は『金槐和歌集』のなかで、なだらかでない語句、けば立っている語句だけを『万葉』の歌のなかから択んで本歌をとっているようにおもえる。以前は実朝がその点だけは、あえて師伝に従わなかったのだとおもっていた。だがいまではなだらかという意味を本気でかんがえ直した方がいいような気がしてきた。

この町の空にもつらなりて雁《がん》飛ぶと望楼に働く青年は告ぐ　（柴生田稔『麦の庭』）
呼びかはし鳴くもずのこゑなほ聞え湯のごとき雨降りゐる夕べ
指傷つける投手のために今日の夜を雨降ることもわれは願ひぬ　（同『入野』）
貧しかるわれのおごりと手をかざす白陶の鉢の中の赤き火
新しき床《ゆか》よろこびて幼子の走りやまざる音の聞こゆる　（同『星夜』）

これらの作品はなだらかでないと感じさせる。その理由は詠まれている事柄にくらべて、表現の仕方が大げさだと読者に感じさせるところにあるとおもう。

望楼（火の見やぐらのことか）で働いている青年が、空ばかりみているとこの町の上にも雁が姿を連ねて渡ってゆくのが見られるときがありますよと、お喋りのなかでふと言った。どこからみても愉しく軽い挿話なのだが、一首の言いまわしは重々しくぎこちないものに聞える。温かい雨が降りだしたのに、もずの鳴きかわす声がまだしているなという一瞬の想いを詠んでいるのに一首は緊張しすぎた響きをつたえる。あのひいきの投手は指の血まめをつぶしてしまったそうだ、雨がふって試合が中止になり、あの投手が休んで傷めた指を休められたらいいなとおもった。それにしても一首にもられた作者の願いは、運命にたいする願いのように重々しく感じられる。最後の一首もそうだとおもう。床板を張り替えたので幼い子が嬉しく珍らしがって走りまわっているのが聞える。愉しく軽いひとこまなのに一首の声調は重々しすぎる。

　定家のいうなだらかという概念をつかうとすれば、作者のなかに短歌的定型の表現を、すべて〈意味〉でおおいつくそうとする衝動があり、それが一首からなだらかさを奪っているのだという言い方ができそうな気がしてくる。それは柴生田稔にとっては避け難い（やむを得ない）短歌にたいする誤解のようにおもえる。それはこの作者の成功作を見てみればわかるようにおもえる。

やすやすと時の力になびくさまなべてありし日に変ることなし　（柴生田稔『麦の庭』）
十幾年その儘《まま》にして過ぎて来つ外《はづ》れる雨戸のことのみならず
色ならば寒色なりと二十五年つれそふ妻がわれを言ひたり
わが心さびしく和み月かげに照りたる麦の畑に添ひゆく　（同『入野』）
牙落ちて老ゆれば餓ゑて死ぬといふ獅子の境界は簡明にして
窓の入日まどかに紅きころとなり二十年の日月まぼろしのごと　（同『冬の林に』）

ようするにこの歌人が「寒色」であるじぶんの資質を運命のように見つめている姿が歌われるとき、なだらかが成就しているようにみえる。また外《はず》れたまんま、あまり気づかれもせず、また気づかれたとしてもどうにかしたいという思いを喚起しないような存在にたいする愛着が、この歌人の生命なのだというべきだろうか。望楼に上って空と街とを見張るのを職業とする青年が、作者は好きなのだとおもう。その青年があるとき、こんな都会の街中でも雁が列をなして渡ってゆくことがあるんですよと語ったときの感動がこの歌人の生命なのだ。だがこの感動は、短歌形式にも散文形式にもなりそうもないものだった。残念なことに現在までのところ、この種の感動は文学の表現になりえないが、実生活に生命を与え、その生命が積み重なって人々の生涯の運命の色合いを決定しているにちがいない。

わたしはもう少し、短歌のなだらかでないものに固執してみたいとおもう。

幸はきれぎれにしてをはるともけふあこがれてゆく潮があり　（生方たつゑ『白い風の中で』）

樟脳くさき風がにほへば少年の骨粉をおもふ忽然として　（同『海にたつ虹』）

病みやすき夫を置ききし旅にして城もみづうみもわれを奪はず

生卵のみくだしつつしくしくにこころ悲しも霜の夜のあけ　（同『紋章の詩』）

ゼラニウムあか紅《あか》と花の咲く苑《その》に夏期大学の午《ひる》の電鈴《ベル》鳴る　（木俣修『みちのく』）
大ねずみ小ねずみの態《さま》ふるさとの榧《かや》の木の実を子と食みきほふ　（同『去年今年』）
雪山の裾の濃闇《こやみ》のひとところ伊那春近《はるちか》の黄の灯《あかり》澄む　（同『愛染無限』）
母のくににかへり来しかなや炎々と冬濤圧《お》して太陽沈む　（坪野哲久『百花』）
憂ふれば春の夜ぐもの流らふるたどたどとしてわれきらめかず　（同『桜』）
胸うちになみだ点じて生くべしと春野の霧《きら》ふさいはひをみぬ　（同『留花門』）

これらはみななだらかでない作品だとおもって挙げた。どうしてなだらかでないのだろうか。わたしの空想をくりひろげてみるとこうなる。あるとき、時代は生活の歌と生活そのもののはっきりした距《へだ》たりを、短歌的定型によって架橋せよと指令した。そしてこれらの歌人たちはどうしてもなだらかでない作品を産みだすほかなかった。どうしてかといえば生活の歌と生活そのものの距たりは、短歌が起源このかたはじめて遭遇した事態であり、それは短歌的な定型で架橋できる筋合いのものではなかったからだ。それはこれらの歌人たちの秀作を挙げてみればすぐにわかる。

人思ふうた一つだになく過ぎて清《すが》しむといふ生《いき》のかなしみ　（生方たつゑ『浅紅』）
風白く充たすうしほに照りながら鷗らがするこのあさの弥撒《ミサ》　（同『鎮花祭』）

地平の果もわが佇つ丘もさばかるるもののごと鎮み冬の落日　（木俣修『冬暦』）
寂かなるふたりのときかわが背《せな》に灸すうる妻がかすかなる息《いき》　（同『呼べば谺』）
冬なればあぐらのなかに子を入れて灰書きすなり灰の仮名書き　（坪野哲久『桜』）
風青くふきたつときにかすかなる虫のいのちも跳びいそぐなり　（同『一樹』）

じぶんの妻から背中に灸をすえてもらっているひとこまも、また生活そのもののひとこまであり、それはここでは生活の歌と距たっていない。それは短歌的な定型が、主題を生活そのもののひとこまから取っているというだけで、生活の匂いをすべて消してしまっているからだ。つまり生活の歌ではなくほんとは情念の揺らぎの歌だからだ。あぐらのなかに小さな子どもを包みこんで、冬の火鉢の灰に火箸で字を書いたり消したりしている作者の姿もまた、生活のひとこまの濃密な憩いの瞬間にちがいない。でも歌いたいと本気でおもっているのは生活ではなくて、得もいわれぬ親子の情念とじぶんの志すものとの一致の瞬間なのだ。このなだらかな秀歌の瞬間は、私感情に凝縮しているからなだらかで、生活の歌を大文字で歌いあげようと意志するとなだらかでない不自由な歌ができあがってしまう、つまりはこれらの歌人たちが本音の資質をかくして社会生活派の表芸につこうとすると不自由になってしまう。そう解釈してもたぶん成り立つにちがいない。だがどうもそう解したくない思いがしきりにやってくる。これらの歌人たちの私感情の豊かさと、生活感情の貧しさの乖離が、なだらかさとなだらかでない声調の乖離となってあらわれているのではなく、生活感情の歌を、じっさいの生活感情と結びつける方法を短歌がもっていないために、こんな乖離が産みだされていると解釈したい気がする。いいかえれば時代の生活相が、短歌的な表現を私感情に凝縮させるか、または生活歌を生活相と乖離させるか、どちらかを択ばざるを得なくさせ、その中間を許容しない地点を不可避的に通過していた。それを逃れることは短歌的表現にはできなかった。たとえば明治の啄木の歌を生活歌とする見方は成り立つだろう。だがわたしには啄木の生活歌が成功しているのは、例外なく心理の揺れを一瞬だけ定着できたものに限られるとおもえる。いいかえれば生活の瞬間にやってきて消える心理の歌だと言った方が、生活歌というよりも確かだとおもえる。生方、木俣、坪野の作品に生活歌を生活歌として作ろうとする時代的な必然が、短歌表現の歴史のうえで存在した。だが生活歌がほんとうは私的な生活感情のひとこまとして凝縮されたときだけなだらかな秀作を産みだす結果になった。短歌的表現の定型にはまだ何かが熟していないと感じさせることになった。これを一般論の形でいうと、短歌的な表現では見かけ上どんな生活の場面が歌われていても、その場面は主題という概念から遠ざかってゆくよりほかに、なだらかな作品は産みだされないのではないか。これはもっとラジカルな言い方もできる。短歌的な表現がうまく成り立つためには、主題という概念は無化されなくてはならない。これはさらにラジカルな言いまわしになるようにもおもえる。主題という概念を言葉の〈意味〉による物語化ということだとすれば、短歌的な表現は、〈意味〉、ことに生活の〈意味〉から無限に遠ざかることによって、はじめて成り立つようにおもえるということになる。すくなくとも短歌的な表現は、昭和のある時期に鋭くこの課題に衝突したのではないか。

早春のレモンに深くナイフ立つるをとめよ素晴らしき人生を得よ（葛原妙子『橙黄』）
かりかりと噛ましむる堅き木の実なきや冬の少女は皓歯《しらは》をもてり（同『飛行』）
少年は少年とねむるうす青き水仙の葉のごとくならびて（同『原牛』）
この子供に絵を描くを禁ぜよ大き紙にただふかしぎの星を描くゆゑ（同『朱霊』）
自転車に乗りたる少年坂下る胸に水ある金森光太（同『をがたま』）

これらの短歌作品の主題は、少年や少女かどうか。ここでわたしたちはふたたび啄木が生活歌で当面したこととおなじことを、ひとまわり次元の上ったところで当面している。たしかに作品は少年や少女を歌っているからそれが主題だと言いたいところだ。だがほんとをいうと少年少女が主題だと、少しばかり言えるのは最後の作品だけだ。その理由はフィクションであれ事実であれ「金森光太」という固有名がでてきて現実化がはかられようとしているからだ。だがこれも主題として成りたつかどうか疑わしい。もしかすると前の四つの作品とおなじように「胸に水ある」という表現に執着する作者の心理的関心を支点にして、主題という概念から無限に遠ざかろうとするところに制作のモチーフがあるのかも知れないからだ。レモンに深くナイフを立てる少女は主題になりうるか。わたしには作者の心理的な鋭い苛立ちの象徴としての意味しかなくて、下句でその苛立ちの癒しを求めているのがこの短歌的表現の生命のようにおもえる。言いかえれば主題という概念からの無限の逃亡がこの短歌作品の核心であるように受けとれる。生方たつゑや木俣修や坪野哲久にとってなだらかさを失った乖離の理由になっているものから、意図的に無限に遠ざかることでなだらかさを獲得している。少女が皓歯をもっているという構図は絵画的であっても短歌の主題にはならない。作者は堅い木果を噛んでいる空想の方へこの絵画的な構図を連れていくことで、少女という主題から遠ざかろうとしている。それがこの短歌作品なのだ。少年と少年が並んで眠っている。それはフィクションであれ、事実の描写であれ、絵画的主題になっても短歌的主題になる構図ではない。作者は少年と少年の同性愛的な関心の方へこの構図を惹きよせることで絵画的な構図を短歌的な構図の方へ転換している。それは視覚的な構図の否定であるとともに、主題という概念の否定になっている。それがこの歌人にとって短歌作品の意味なのだといっていい。そのつぎの短歌でもこの歌人が短歌的表現を成り立たせている方法は変らない。画用紙のうえに不思議な大きさと色と図柄で星の絵を描く少年の病的な姿は絵画的な構図だ。それを薄気味悪いという心理で感じている作者の禁止の心理が、この構図を短歌的なものに惹きよせている。この歌人がやっているのは主題の拒否を絵画的な構図の無化によって実現していることだ。わたしはこの短歌的な表現の危機の時期に、なだらかさを失わずに短歌的な感性を別な次元に移したところに、この歌人の存在意義があったようにおもえてくる。それは生活歌の次元からは短歌とはいえないような危ないところに、短歌的な表現を跳躍させた。この意味はもしかすると生方たつゑや木俣修や坪野哲久のような、生活歌と実生活の姿との乖離に悩まされて、しこたまなだらかでない作品を産んでみせた歌人たちが、案外理解していたのではないかという気がしてくる。

短歌の新しい波3

『万葉集』のなかで自分勝手にいい歌だとおもってメモしてある歌をいくつかあげてみる。これは古い波としてだ。

誰《た》そ彼《かれ》とわれをな問ひそ　九月《ながつき》の露に濡れつつ　君待つわれを　（無名者）　2240

ぬばたまの黒髪濡れて　沫雪《あわゆき》の降るにや来《き》ます　ここだ恋ふれば　（無名者）　3805

畳薦《たたみけめ》牟良自《むらじ》が磯の離磯《はなりそ》の　母を離れて行くが悲しさ　（助丁生部《おふしべ》道麻呂）　4338

常陸《ひたち》さし行かむ雁もが　吾が恋を記《しる》して付けて妹に知らせむ　（信太郡の物部道足）　4366

はじめの歌は、秋の黄昏どき、草の葉におく露に濡れながら恋人を待っている実感を詠んでいる。二番目は注や前詞のいきさつをかんがえずに読めば、恋しいこころがつのるあまり、黒髪にあわ雪が降りかかって溶けていくような日にやって来たという歌だ。これは前詞のいきさつをかんがえると、黒髪に白毛《しらが》がまじるようになった久しい年月を経て、あなたは応召から帰ってじぶんのところに来てくれたという比喩の歌であるかも知れない。何れにしても恋愛の歌にはちがいない。三番目の歌だけが防人として応召してゆくのに、残してゆく漁村の母ひとりに心をひかれる歌だが、四番目もまた常陸の国にのこしてきた恋人をしのぶ歌と読める。ほんとをいうと二番目の歌と三番目の歌は悲劇調であるほかない歌だが、一番目と四番目の歌は、言葉尻をとってみると、こころおどりと愉しさを備給しているはずのようにおもえる。それにもかかわらず全部が一律に悲劇調の歌のようにうけとれる。それはなぜ、どこからくるのかとかんがえると、何か茂吉が声調という言葉で言っているリズムと関わりがあるようにおもわれてくる。茂吉のいう声調は分析的にいえば二つの要素から成立っている。ひとつは短歌的な定型の音数律であり、もうひとつはリズムの分節の仕方だと言えよう。短歌は音数律そのものに悲劇調にする傾向性がふくまれていると言ってしまえば、短歌的声調が悲劇調であることは一種の宿命論になってしまう。まさかという声があがりそうだが、わたしにはそう言ってしまいたい要素があるようにおもえる。これは短歌的な定型のうちから上句にあたる五七五を定型とする俳諧歌が胎生してきたときの心理的な状態をかんがえてみれば、理解できそうにおもえる。歌詠みたちは和歌（短歌）から重たい下句の七・七を脱ぎすてて軽味をもちたいと感じて、それを俳諧と名づけた。それはユーモアや駄じゃれを生命とするものであった。これもまた中世末から室町期にかけて心敬や宗祇などによって、悲劇調に変化して本流になり、江戸期にはいって芭蕉や蕪村によってますます悲劇調に磨きがかかり、とうとう和歌(短歌)的な定型が色あせるほど本格的な悲劇調を確立していった。こんな解釈が成り立つとしたら、短歌的な声調そのものが悲劇調の宿命をもつものだという理解の仕方がけっして不都合と言えないとおもえる。

もうひとつ短歌的な声調の要素になっているのは、上句の終りの五音数がもっている懸垂性(感)ということだ。この五音が意味とリズムと両方から閉じてしまうと、俳諧歌を生みだす契機になるか、重さのすべてを下句にかけてしまい、分節化は深刻になるほかない。この上句の終りの五音数がサスペンシオンの状態にあり、リズムと意味の両方から下句にむかって開かれていることが、短歌的声調の全体性を単色の悲劇調にする契機をつくっていると言える。別の言い方をすれば短歌的声調の悲劇調は、上句五七五と下句七七の連結からくる融和のことを指しているのだ。これは悲劇調を宿命だとする論議を解放してくれるようにおもえる。

わたしがこの問題にこだわるのは、短歌詠の切実さとか切迫性といったものに、そばだつ意識をよびさまされたからだ。

そひ臥してはぐくむごとくゐる妻のさめざめ涕けば吾《あ》は生きたしよ
術後の身浮くごとく朝《あした》の庭にたつ生きてあぢさゐの花にあひにし
（上田三四二『湧井』）

酔へば寂しがりやになる夫なりき偽名してかけ来し電話切れど危ふし
共に死なむと言ふ夫を宥め帰しやる冷たきわれと醒めて思ふや
死ぬ時はひとりで死ぬと言ひ切りてこみあぐる涙堪へむとしたり
（大西民子『まぼろしの椅子』）

上田三四二の歌は、死病をじぶんが潜っているときの作品、大西民子の歌は、離婚のいきさつを潜っているときの作品とおもわれる。主題の意味としていえば痛切な悲劇的なものを意図して択んでみた。すくなくとも両歌人の作品でわたしたちにいちばん感銘をあたえるものは、この痛切な体験を主題とするものだといえる気がする。ではこの感銘は癌患者の手記や離婚した妻の手記とおなじように体験そのものからやってくるので、作品の出来ばえの感銘とはちがうものだろうか。たしかに体験そのものの痛切さがあたえる切実さからくる感銘もまじっているかもしれないが、短歌の表現の本筋からいえばそうではない。これははじめに引用した『万葉』の秀歌と比べてみればすぐにわかる。『万葉』の引用歌は、「われ」とか「吾が」とかいう人称が入っていても、そうでなくても、私感情の行動的な表出になっていることが、行動以外のものを削り落してしまっている単純で強い対象選択力からきている。上田、大西両歌人の作品は痛切な体験を表現しているが、体験している〈わたし〉にたいして表現している「わたし」は客観的にその体験の全体を眺めている場所に立っていることがわかる。体験的な主題は切実だが、その表現の仕方はひとりでに、間接的な風景をみている位相に立っている。これはいわば表現の歴史的な必然ともいうべきもので、『万葉』の歌を模倣してなぞろうとしても、茂吉の大才でも自然の景観を詠むときだけ、少し可能になっているだけだった。わたしは上田、大西両歌人の引用した切実な作品の感銘は、切実なじぶん自身を主人公にした主題を、まるで風景のようにその外に立って表現しえている矛盾からきているとおもう。別の言い方をすれば「哀傷歌」とか「離別歌」とかいう部立《ぶだて》に象徴されるものが、短歌的（和歌的）な主題として不可能な時代の表現意識のなかで、哀傷や離別をうたいあげているところに切実さの本質があるようにおもえる。

ところでここで現在の短歌的表現でもうひとつ新しく生じている問題に触れてみたい。それはいままで述べてきたことと対照的なことだといっていい。

雨雲の乱れ涼しき低ぞらや横たふ枝の花を群れしむ

雨のすぢ空より長くそそげるに桜あかるく咲きて乱れず
けぶるごと白くとほれる花むらは見上げつつゆくにしべのさやけさ
（玉城徹『馬の首』）

青年の苦しく咳きて去りゆきしのちとざすなり夜半の扉を
論理ただしくもの言ふ一人たちまちに荒き罵声のなかに揉まれゆく
若者の罵声に耐へて帰りこし我にやさしき長男のしぐさ
（岡野弘彦『冬の家族』）

べつに両歌人の代表作や秀作をあげたわけではない。ほかにいい作品はたくさんある。玉城徹の引用歌は、いままで触れてきた文脈から言って、私感情が切実でない極限の例としてみたかった。わたしには短歌的な表現の特徴をとことんまで解体するという作業を、短歌的な定型のなかでやっている試みのようにみえる。こういう景物なら散文の方がうまくやれそうな気がする。これらの作品はなにをやろうとしているのだろうか。ほんとのところはこの歌人に訊《たず》ねるよりほかないのだが、短歌的な定型をたもったままで、反短歌の領域に踏みこみたいというのが、歌人の願いだったという気がする。別の言い方をすれば、何よりも短歌的感銘や短歌的な切実と、ひとびとが考えているものを壊してしまいたかった。そんなことに意味があるかどうかは別にして、そういうモチーフは存在しても不思議ではない。ただそれが作品として短歌の新約聖書時代をつくるためには、いい作品でなくてはならない。そこまではいっていない。しかしある意味で果敢なモチーフということはできる。岡野弘彦の引用歌は玉城徹とまったく対照的な試み方で、短歌的な切実さの質を変えようとしているとみることができる。具象物を指示する言葉としては「扉」と「長男のしぐさ」しかない。しかもこの二つとも天然の自然物ではない。天然の自然物に寄らず（寄物でなく）しかもほとんど具象物のイメージがなくて短歌的な表現は可能だろうか。この試みをやっているのは近藤芳美と岡野弘彦のそんなに多くない作品だけのような印象がわたしにはある。岡野弘彦の引用歌はある意味では切実な悲劇調の主題にかかわっている。しかし現代にしか起りえない主題だという意味で、伝統と切れてしまっている。もしこういう作品の領域が短歌的にありうるのなら、玉城徹の試みとは対照的な意味で、短歌的な表現を、おおきく拡張させることになる。この引用歌は短歌的感銘にわずかに接触しているが、うまくいっているとはおもえない。この課題はどう解かれるべきだろうか。短歌的な切実さの感銘を新しい拡張された領域にもって行くことが、短歌の現代的な要請として不可避ならば、この試みはなされるに価する。またなされなければ、短歌は現代に新鮮であることはできない。

死海附近に空地は無きや　白晝のくらき周旋屋に目つむりて

月光の市電軌みて吊革に兩掌纏《ま》かれしわれの磔刑《はりつけ》　（塚本邦雄『日本人靈歌』）

生きながら朽ち果つときの墓としてトカラ島弧を思ふことあり
歌はただ此の世の外の五位の声端的《たんてき》にいま結語を言へば　（岡井隆『鵞卵亭』）

塚本邦雄の任意の引用歌は玉城徹のやっているような短歌的な拡張の試みが、作品として成功をおさめるための条件を暗示している。第一番目の歌は不動産の周旋屋のまえで、空家、空間、空地の貼り札が硝子戸いっぱいに貼ってあるのを見ながら、あまりのせせこましさに死海のあたりに空地がないかなあなどと空想している主人公の姿が浮んでいる。何気ない日常のひとこまなのになぜこの作品が成功しているかといえば、空想して不動産屋さんのまえにいるという悲劇的でも切実でもない現実の描写でありながら、空想の質をとび抜けて飛躍させているからだといえる。これは二番目の歌もおなじで、月明りの夜の電車のなかで、両手を吊革の輪のなかに入れてぶら下るようにしている乗客の一人である「われ」のありふれた姿を、キリストの磔刑《たつけい》の図の両手を挙げて十字架の板に結びつけられる姿に比喩することで、イメージを飛躍させているからだと言えよう。

おなじように岡井隆の引用歌は岡野弘彦の歌の延長線上にあって成功した作品になっている。岡野弘彦の作品のように具象性のすくない、そして天然の自然物によらない独り言の表白のようにみえながら、トカラ島弧の異国風習じみたイメージとか、五位の声に象徴される西行法師の歌とかが、作者の独り言の背景を飛躍させているからだとおもえる。この文章の文脈からいえば塚本、岡井両歌人の引用歌に象徴されるものによって、短歌的な表現は完全に現代的な環境に対応する方途を獲得できるようになった。この新しい波の行方は、もう少しだけ未知の世界にイメージを踏みこませていると言えそうな気がする。

化学記号書き連ねゆき幻の爆発遂げしのみ今日の午後
愛そして泡立つ荒磯《ありそ》性愛の水底蹴って浮き上るとき
寄せては返す〈時間の渚〉ああ父の戦中戦後花一匁《はないちもんめ》
（佐佐木幸綱『群黎』）

老父ひとり泳ぎをはりし秋の海にわれの家系の脂泛きしや
母を売る相談すすみゐるらしも土中の芋らふとる真夜中
新しき仏壇買ひに行きしまま行方不明のおとうとと鳥
（寺山修司『田園に死す』）

微かに現実の具象物あるいは具象物の現実性がないわけではないが、これらの作品はすべて空想、想像ばかりでできているバーチャル・リアリティの世界だといっていい。このあと短歌的な表現はまたどこかへゆくのだが、伝統的な短歌がもっている悲劇調をまったく払拭するためには、現実空間や生活を暗示するような空隙をどこにも造ってはいけない。そうすれば主題がどんなに切実で悲劇調にみえても、すべては架空の現実のなかにじぶんも入りこんでいるために起る出来ごとにしかみえなくなる。ここまできて短歌的な定型は天然の自然物に寄ることも、生活の悲哀に切実さをもとめることもいらなくなっている。現実はここでは比喩にしかすぎないし、現実の出来ごとはすべてメタファーにしかすぎないと言える。歌人たちはただ自分の関心の濃淡をイメージの海に流して、その模様がつくる千差諸異を表現的な個性とみなすことになる。

短歌の新しい波4

短歌の戸惑いの時期の様子をみるために、いちばん新しい世代の作品をとらえてみたい。新しい世代というのは歌人の年齢をさしていることとはちがう。わたしたち番外の視野には、いちばん遅く姿をあらわした世代ということだ。この世代の短歌の特徴はさまざまな形で言えようが、ここでは作品の新しさが作品の戸惑いとおなじだという視線をあててみたい。そして一応この戸惑いがどこからくるか意識して俎《まないた》にのせてみたい。戸惑いは二つしかない。ひとつは音数の定型からくるリズム、もうひとつは意味であり、じっさいにはその何れかひとつの強勢からくるか、二つの分け難い融和からくるかどちらかだということだ。

父の死後十年　夜のわが卓を歩みてよぎる黄金虫あり

小庭、濃き闇にうもれてひまはりの大小の花一家族なす
雪に傘、あはれむやみにあかるくて生きて負ふ苦をわれはうたがふ
（小池光『バルサの翼』）

この歌の特色はどこにあるかといえば「父の死後十年」「小庭」「雪に傘」という初句が、作者のなかでは全体になっていることだとおもえる。別な言い方をすれば、初句を表現したとき、作者のなかでは一首はおわっている。宮沢賢治の詩や童話だったら、一首のなかの初句以外の句は（　）《カッコ》に入れて表現されるにちがいない。これは作者の新しさだ。たぶんこの手法はこの歌人に特有な新しさだとおもうが、短歌の戸惑いがあらわれているのではないかというのが、ここでの解釈になる。たとえば『新古今集』の特色をおなじ言い方でとってみるとする。

634 水上や　たえだえ氷る岩まより　清滝川にのこるしらなみ（摂政太政大臣）
891 忘るなよ　やどる袂はかはるとも　かたみにしぼる　夜はの月かげ（定家朝臣）
1074 しるべせよ　跡なき浪にこぐ舟の　ゆくへもしらぬ　やへの潮かぜ（式子内親王）

たくさんあるが、これくらいでいいとおもう。これもまたいちばん肝要と作者がおもっ

ている景物や主情を初句に点としてうってしまってから、なぜとか何をとかが以下にやってくる形になる。それでは初句以外を（　）《カッコ》に入れてしまうことができるかかんがえると、そうはいかないとおもえる。むしろ句切りが自在になっていることのあらわれと解した方がいい。事実、わたしの理解では『新古今集』の特色は短歌的な声調が解体して、今様風の俗謡の調子に近づいているところにあると言える。音数律は短歌様式なのに、内的なリズムは今様とかわらないところで作られている。今様では声調は表と裏の交替しかないから変化は〈意味〉によって作るより仕方がない。この短歌的な声調の崩壊の兆候はどこからくるかといえば、中世の衆庶の生活社会の活発さの増したところからきている。いいかえれば貴族的な社会がはじめて衆庶の俗世の方に口をひらいて接触が自在になったところからきている。『新古今集』の和歌的な世界は、短歌的な世界は、浪漫派的にいうと高度な短歌の世界のようにみえるかもしれないが、じつは逆で、短歌的な世界がはじめて俗謡がゆき交う衆庶たちの生活の方へ影響をもとめたために起った短歌的な声調の解体にあたっている。そしてこの解体の限度は短い俗謡の今様風のリズム感覚に帰着した。

　わたしの類推では、小池光のおなじ様式をおなじ言い方でいえば、短歌的な声調が散文化している徴候とうけとれる。もっとはっきり単純化して言ってしまうと、作者は音数律は短歌的な定型をまもりながら、音数以外では散文意識しかもてなくなっているのではないかとおもえるのだ。この問題をもう少し踏み込んでみる。

全身が獣皮のごとし十六夜の月冴えている冬の浴槽

青あらしすぎしのちなり蝶ひとつとまりて暗き鉄棒ありき　（伊藤一彦『瞑鳥記』）

誰か来る予感して陽は石垣に食いちらしたる桃の皮の上

みみなりのおさまるまでをたちつくす軍服の如きジャンパーをきて

（大島史洋『藍を走るべし』）

ここには前とちがった戸惑いの質がうかがえる。もうすこし距離を近づけていうと、音数律は保たれていてもそのほかの短歌的な声調の要素がこわれて散文化しているために、本来散文で描写されるべきもののひと齣《こま》のように、過程的で完了感がないように感じられる。意味のうえからは完了しているにもかかわらずだ。

十六夜の月の光で浴槽につかっているじぶんの皮膚が、獣皮みたいにみえるという一首目は、イメージのうえからも、一瞬とらえた描写としても、とても鮮やかになっている。だがなにかが不足していると感じられる。声調が短歌的であるよりも、散文のひと齣的だからだとおもえる。二首目の青嵐の吹きすぎたあとに蝶がひとつ暗い鉄棒にとまっていたというのもおなじだ。「蝶ひとつとまりて暗き鉄棒ありき」という描写は、あるひとつの環境描写の一部分としての意味はもっているが、この描写にはポエジーは存在しない。蝶がひとつとまっていて暗い鉄棒があった、という文の前か後に、よほど強い選択性のある描写がくれば別だが、この句を下句として上句をもってこようとして、この歌人にあったのは短歌的ポエジーの不可能の意識ではないのだろうか。

もう一度三首目をとってきてもおなじだ。たしかに音数律としてのリズムは守られているのだが、ポエジーの意識は解体されているとおもえる。誰かが来るような予感がしていることと、太陽が石垣のところで待っている者（じぶん？）が食いちらして捨てた桃の皮の上で照っているということの、意味的な連結は、散文的ではあっても短歌的ポエジーではない。第四首目もおなじだ。軍服のようなジャンパーを着ているか、そうでなくアーチストの着るようなジャンパーを着ているかは、このばあいどうでもいいという任意性しかない。たまたまこの場面のとき軍服みたいなジャンパーを着ていたというだけだとしかいえない。この任意性はポエジーではなく、散文的な描写の視線であることを象徴しているとおもえる。これらの新しい世代の歌人たちがしめしている短歌的なポエジーが解体された描写の共通性が、偶然だとはおもえないのだ。

ここでも中世期も末にちかいころ『新古今集』以後の短歌謡がつきあたった衆庶の社会の文物に融和の手を開いていくのとおなじことを想定したくなる。短歌的声調は中世以後たえず自身をこじあけて俗謡の世界と融和させようとする表出の自然力にさらされてきたといってもいいすぎでない。そしてこの自然力は音数律でいえば五音と七音を表音と裏音として交互に繰返す形の俗謡の声調を原型として、いくらかのヴァリエーションをもつものを、単純な形としている。これにたいして五・七・五・七七という短歌的な音数は表・裏・表から裏・裏で閉じようとして停止の感覚を与え、またはじめから表・裏・表から裏・裏の終止を繰返すもので、この短歌的な音数はいつも表・裏・表・裏の繰返しの形で開ききってしまうまでの外力をうけることになる。現在の短歌の新しい世代が蒙っている問題はこういう言い方をそのまま使えば、表・裏・表・裏の声調への開かれ方からすすんで、表・裏という反復もまた崩壊してしまって、アト・ランダムな散文調への解体を蒙らざるを得なくなっているのではないだろうか。そこで新しい歌人たちは形式の枠組としての短歌的な定型の音数律だけは守っているが、声調の大部分の要素はすでに散文化あるいはリズムの解体の方へ向うことを余儀なくされているようにおもわれる。

母上はもの言はざれど今宵なる机上にころぶ桜桃ひとつ　（小池光『バルサの翼』）
にくしみとならぬ愛なし万緑の底しずかなる蟻の隊列　（伊藤一彦『瞑鳥記』）
海底の戦艦大和　ふるへつつ合歓は花咲く空のまにまに　（小池光『バルサの翼』）

これもまた新しい短歌の表現の不明な部分の形にはちがいない。わたしが読むと、この不明さは上句と下句とがどうしてもつながらないところからきているとおもえる。だが作者の方は二つの考え方ができるはずだ。ひとつは上句と下句は連結感があってつながっているから短歌的な表現として成り立っていると考えられている。もうひとつは短歌的な常識からはつながっていない上句と下句だが、この常識は、短歌的な特性が解体してゆく過程でこの上句と下句はつながっているとみなせるところまで、短歌は表現を拡大してゆかなくてはならないとする考え方だ。いいかえれば任意的であること、偶然であることのつながり方もまた短歌的な連結のひとつとして認識し、短歌的な定型の表現域を拡大してみせることだ。わたしには新しい短歌の世代は一様にこの問題に当面しているような気がする。

常識的にいえば、じぶんの母親が物を言わずに沈黙していることと、その夜のときに机上に桜桃の実がひとつころんでいることとは連結しない。沈黙している母親の姿と机の上にころがっている桜桃の実が、まったく偶然あったということを、作者は短歌定型に収拾している。これは作者のなかに偶然短歌的な表現の視線が、二つの関わりのない物に集中されたときには、その二つの物は連結されるという理念がなければ不可能におもえる。

二首目もおなじで、ついに憎悪に変らないような愛はないとおもっているとき、いちめん緑の樹々や草むらに蟻が列をつくって移動しているのを視ていた。その偶然性のほかには、上句と下句を連結させる根拠はないとおもえる。ではこの〈偶然の事物はかならず短歌的表現のなかで連結する〉という原則はどこからきたのだろうか。わたしには個々の作者を共通に訪れている短歌的な声調の散文化への表現史的な必然からきているとかんがえるのがいいような気がする。

海底に戦艦大和は沖縄沖の海戦で撃沈されて沈んでいる。それは認知であっても、想像的なイメージであってもいい。そのことと下句になっている合歓《ねむ》の花が空のしたで風にふるえるように咲いていることとは、何の関わりもないのだが、新しい世代の歌人たちは一様に偶然、短歌的視線域に存在している対象は関わりがないものでも連結されるとかんがえている。別の言い方をすれば、意図的にかあるいは不可避的にか散文化への刺戟を加えられて短歌的な表現を〈偶然の連結〉ともいうべき方向に拡張する模索を強いられているとおもえる。現在のところでそれほど巧くいっているとはおもえないが、この徒労をともなう試みに赴かなければ、新しい波を打ちかえせないかぎり、宿命として避けるわけにいかないのではないだろうか。

それが証拠にというのもおかしいが、これらの歌人たちも短歌的声調を呼びこみやすい現代短歌の伝統の場所でいいのなら、それぞれいい作品を豊かな表情でみせている。そしてこのことはこれらの歌人たちの地味な冒険を逆に照らしだしているようにもおもえる。

酔うて睡れる水夫とひと夜波ふかき悔いふかき絹の　水路ゆかなむ

血よりかすかにうすきカンナの咲く朝君はナイフのように去りしや
樹々の夏わが詩の夏を粗々と打ち雫する雨はありたる
森に去りたるはげしきはやき白雨《ゆうだち》と百舌のひと声残れり　肩に
（三枝昂之『水の覇権』）

えぐられしまなこのうらになお見ゆる悔しさは白悲しさは青
（大島史洋『藍を走るべし』）

地下鉄は今し若葉の森をゆくただに眠れよたちなおるべく
（同『時の雫』）

かくれんぼ・恋慕のはじめ　花群に難民のごとひそみてあれば
おそらくはきみが内耳の迷路にてとまどいおらんわが愛語はや
（永田和宏『メビウスの地平』）

血族と水の辺にゐるさみしさを花火果てたるのち許しゐき
とほき日のわが出来事や　紙の上にふとあたたかく鼻血咲《ひら》きぬ
（小池光『バルサの翼』）

窓を染め雷鳴るゆうべ清潔に恋重ねいし友の訃聞きつ

街を出てきたるばかりのわれの耳に音楽として夕映えはある　（伊藤一彦『瞑鳥記』）

きつい試みをしたあと、たまらずに豊かになれる場所へ出かけていって、これらの秀作を作っているような気がしてくる。ほんとはそうじゃないのかも知れないが。短歌的な声調が調和よく解放できる作品の場所はもちろんそれぞれの歌人に固有な場所にちがいない。疲れたら休むかのようにいい作品のなかに安定性が沁みでている。わたしは子どものときじぶんだけのコンクリートの研ぎ場を探しだしていて、よくそこで〈べいごま〉の尻を研いだり、角をつけるのに夢中になったりしたことを思い出した。歌人たちはただいい作品、そうでない作品という区別しかしていないかも知れないが、わたしは冒険に出かけていっては、疲れたら固有の隠れ場所に帰ってくるというイメージで新しい波をかんがえてみた。

私家集1

山崎方代《ほうだい》の全歌集が出たところだ、いい歌だから読めよめとすすめられて、名前だけしか知らなかったこの歌人の作品を、ひと通り読んだ。なるほど読んで目が覚めるような新鮮さを感じた。この新鮮に感じたことが、しきりに気になった。なぜ新鮮に感じたのか、じぶんに設問してみた。いくつか理由がすぐにみつかる。第一に短歌作品に（たぶん現実にも）泌《にじ》みでた生活が単純で定住的な重さがなく、現在ではありそうもない底辺生活の自在さともいうべきものを獲得している。いずれ九割一分を占める現在の中流意識の持主のなかに入って、マンション住いであれ、一戸建の家であれ、定住しているばかりか、身動きがややきつくなりつつあるわたしどもの生活の姿からみれば、おにぎり一個、どんぶり飯と味噌汁一ぱいの大衆食堂通いの生活でも、喰べてさえいれば、その単純な生活行動の自在さの方を羨しいとおもう瞬間が誰にでもある。夏など上野不忍《しのばず》池のほとりに青い天幕を張っている小綺麗なホームレスの人たちの姿をみて、わたしはときどき羨しい感じがした。山崎方代の歌作品にはたしかにそんな姿がある。それが方代の実際の生活の写しであるかどうかとなれば、必ずしもそうとおもえない。半ば願望であり、半ば生活写実であるような気もするが、あとの半分は作歌の方法からきているように思える。もちろんその方法はこの歌人が半ばは願望としている切実さに裏うちされているから確かなのだ。

西山の山のくぼみに落ちてゆく黒い夕日よお疲れなって
早生れの方代さんがこの次の次に村から死ぬことになる
巴旦杏はすもも変種と書いてあるなれどもそもさん巴旦杏なり
湘南の線路の中を帰りゆく方代さんは元気なりけり
（『迦葉』）

こういった作品は作者の稚拙にたいする装いだとおもえる。あるいは稚拙への願望といってもいい。模倣したかったのは良寛の歌や生活だったにちがいない。だが良寛の歌も、歌にあらわれた生活も、良寛の稚拙への願望だった。良寛の稚拙への傾斜は禅家としての理念からきている。方代の稚拙願望は資質的に社会的な約束のらち外にいる方が楽だとおもえる資質の生活観からきている。稚拙さを装う方法は、「方代（さん）」という稚拙な自分像を歌の言葉にとりこんで、作者である山崎方代がこの「方代（さん）」の稚拙像を物語化の基本にするという自己愛をつくりだしているところにある。「方代（さん）」という名前を作品のなかに登場させることでその自己愛の甘さがひとりでに稚拙をよぶ。これは半分資質かもしれないが、半分は技術の問題だ。

恐ろしきこの夜の山崎方代を鏡の底につき落すべし　（『右左口《うばぐち》』）
方代の一日が暮れて朝が来て又ふあふあと日が闌けてゆく　（『こおろぎ』）
夕日の中をへんな男が歩いていった俗名山崎方代である
方代の名前の下に草という陶印を捺して色そえにけり
馬の背の花嫁さんは十六歳方代さんのお母さんなり
洞山の洞の中からひょっこりと方代さんが出でて来やした
うつし世の闇にむかっておおけなく山崎方代と呼んでみにけり　（『迦葉』）

これらは稚拙さ、単純さの印象を与えている。理由のひとつは申すまでもなく、山崎方代という作者がじぶんの名前を作品のなかにフィクションとして入れこんでいる単純さからきている。もうひとつは歌のなかの主人公が、じぶん（作者）とおなじ名前であることの照れから、滑稽化を施さなくてはいられないところからきているとおもえる。だが一首全体としては単純でも道化の表情でもない一首目や最後の歌も混じっている。稚拙さはただ作者がじぶんの名前を作品のなかに持ちこんで作者たるじぶんと対面し、フィクション化できるようにしたための稚拙さに限定してかんがえればいいとおもう。この稚拙化のやり方について、もう少し多様さをみてみる。

鍋蓋を軒に吊して待っている御用の方は鳴らしてほしい
ふるさとを捜しているとトンネルの穴の向うにちゃんとありたり
幸は寝て待つものと六十を過ぎし今でも信じています
（『迦葉』）

これもまた、別の種類の稚拙化された表現にあたっている。このばあいの稚拙化はどこからきているかといえば、短歌的な声調の解体からきている。わたしたちが短歌の作品を読むとき、ひとりでに籠めている声調の色の濃淡は、ここでは日常会話の平坦な調子そのままになっている。とくに下句ではただ作者が会話しているときの調子そのままと受けとるほかにない。では逆にどうしてこの種の方代の作品は短歌だといえるのか。一首目と二首目では、感覚の働きの特異さが、三首目では生活観の特異さが、短歌的なポエジーを成り立たせているようにおもえる。これらの作品もまた一種の稚拙化を成り立たせている。何によって？　それは短歌的声調を解体させて、日常会話の話体の言いまわしを、音数律のなかに封じこめる技法によってだ。この技法はもちろん意識的に造られた技法というほかない。ただそのなかに作者のやや特異な資質や生活の仕方が加担してはじめてできあがっている。ほんとを言えば稚拙化がどれだけ資質そのものに根ざしているのか、あるいは意図的な技法がどれだけ働いているのかについて、確かに断言できるわけではない。ただ作者が稚拙化と逆に本質でまともな短歌的声調に立ちむかっているときの歌の表情をみると、技術的なものが、とても大きく物を言っているようにおもえる。

運命はかくかすかなりきさらぎの昼をことこと粥を煮ておる
遠い遠い空をうしろにブランコが一人の少女を待っておる
大正三年霜月の霜の降るあした生まれて父の死を早めたり
それはそれは山の獣も知らざりし寒き夜ふけを母は死にたり
(『右左口』)

これは稚拙化とは逆に生真面目にじぶんとじぶんの親との二世代に手わたされてしまった宿命のようなものを凝視しているうつむいた姿にみえる。これがもしかすると山崎方代の本質かもしれないと仮定すれば、背中が延びきっていながら、生と死について思いめぐらしている形而上学を感じさせる。これをこの歌人の凝縮された感覚と意想の姿だとすれば、どこまでこれを解体し、開いてしまうかが、この歌人の短歌のモチーフになっていったに違いない。そしてこのモチーフがどこで完結されたかといえば、日常生活のなかででてくる会話の言葉を、会話の抑揚のほかに出ないようにしながら、短歌的な音数律にしてしまったとき、だった。これはこの歌人の短歌的な開眼に当っていたにちがいない。別の言い方をすれば、短歌的な音数のなかに散文脈を導き入れたのだが、その散文脈は日常会話の話し言葉にまで走ることで、かえってポエジーを獲得しているといっていい。

春の日はしずかなりけりつぎつぎと鰡は鶴の喉くだりゆく
もう姉も遠い三途の河あたり小さな寺のおみくじを引く
生れは甲州鶯宿峠に立っているなんじゃもんじゃの股からですよ　（『右左口』）
ある朝の出来事でしたこおろぎがわが欠け茶碗とびこえゆけり　（『こおろぎ』）
一度だけ候文で恋文をこさえてつけしことがありにき　（『迦葉』）

これは任意に拾った秀作だが、どれもこれも稚拙化と、話体にまで散文化したために生まれているポエジーと、生と死の底まで降りていった生活感が開いた記憶の解放とがとてもよく融合している気がする。

方代の歌が、読むものに単純化があたえる新鮮さでもって、目を覚まさせる所縁について、もうひとつ触れてみたいことがある。これもまた技術だといえばその通りかもしれないが、対象にたいする選択力がとても強力だということだ。稚拙な言葉遣いをしながら、けっして方代の歌は素朴ではない。素朴をてらおうとしたときには、だいたい失敗しているとおもう。

牛めしを一杯食べて浅草の人ごみの列に顔ぶらさげる　（『右左口』）
かさかさになりし心の真ん中へどんぐりの実を落してみたり　（『こおろぎ』）
小仏の峠の道は秋早し吾亦紅が恋をしていた　（『迦葉』）

こういう作品でいえば、「顔ぶらさげる」「心の真ん中へどんぐりの実を落して」とか「吾亦紅が恋をしていた」とかいうところがその個所にあたっている。これは方代のなかにある形而上学的な強い欲求と眼のまえにある景物や形象とを早急に強引にむすびつけようとして失敗した例だとおもえる。これはどこからくるかといえば、方代のなかに強い形而上学的な資質があるのに、それが遂げられない理由を生活のひとこまひとこまに探そうとしているからだとおもえる。たとえば茂吉の失敗作を拾ってみる。

近よりてわれは目守《まも》らむ白玉の牡丹の花のその自在心
最上川の流のうへに浮びゆけ行方なきわれのこころの貧困　（斎藤茂吉『白き山』）
梅の花うすくれなゐにひろがりしその中心《なかど》にてもの栄ゆるらし　（同『つきかげ』）

なかなかに正体の知れない作品になっている。これもまた茂吉のなかにある強い形而上学的な欲求がやらせたことにちがいない。だがこの失敗は致し方がないものだといっていいとおもう。稚拙を装った結果でもなく、また高度な抽象性を短歌的な表現にと意識したわけでもなく、資質と力量通りの優れた（!?）失敗作が作られている。山崎方代のばあいはこれとちがっていて、ある程度装われた失敗だといっていい。山崎方代という歌人は何ぼのものだと問えば二通りの答えがかえってくるにちがいない。ひとつは自己劇化を少し呆けた感じで巧まずして演じてみせた特異な歌人だということになりそうだ。もうひとつは自意識の処理の仕方を短歌にすることができた優れた歌人だが、その方法が変っていたために傍流にぽつんと立っていることになったという評価になるとおもう。前者の評価に傾くとすれば、その歌と生活を良寛からたくさん吸いとって生きた歌人ということになりそうだ。だが後者の評価をとればどういうことになるのか。わたしには子規が短歌の革新としてやったことを、短歌の解体としてやった歌人のようにおもえる。

明日《みやうにち》は君だち来ます天気善くよろしき歌の出来る日であれ
うららかにぬくき日和《ひより》ぞ野に出でて桃咲くを見ん車やとひ来《こ》
人丸の後《のち》の歌よみは誰かあらん征夷大将軍みなもとの実朝（『子規歌集』土屋文明編）

ここには稚拙な表現にみえるものが、『古今』ふうの情緒から短歌的表現を洗い出して骨組と表皮のかがやかしさだけにした手腕が示されている。装いなどはなく、化粧をおとしたあとの明晰な輪郭がのこされていると感じられる。

心中の記事を切り取り火をつけて朝の落葉を焚き付けにけり　（山崎方代『迦葉』）

「車屋の餓鬼でねえかよ」たもとより胡桃を出して隠しくれたり

間引きそこねてうまれ来しかば人も呼ぶ死んでも生きても方代である　（同『こおろぎ』）

子規には悲しみも暗鬱も『古今』的な情緒と一緒に洗い出してしまって、短歌の表皮にはもち出さないという確実な方法意識が身についていて一点一画も過不足がないといっていい。方代には生存の全体の意識から鍛えられたような方法はない。ときに過剰、ときには欠乏のために、その稚拙化のわざはこまかく動揺しているといっていい。これは子規や茂吉にくらべたときの力量のほどが不足しているから仕方がないともいえるが、短歌的な表現の立て直しの意欲にもえていた子規の作品と短歌的な表現の解体というモチーフに資質も生活も合致させるほかなかった方代の作品との実質のちがいともいえよう。

私家集2

山中智恵子の歌集『風騒思女集』を読んだのをきっかけに、この歌人の難解歌と魅力にふれてみたくなった。まずはじめに難解歌の原型的なものを挙げてみたい。

わが額《ぬか》に時じくの雪ふるものは魚と呼ばれてあふるるイエス　（『みずかありなむ』）
声しぼる蟬は背後に翳りつつ鎮石《しづし》のごとく手紙もちゆく　（『紡錘』）
まなざしに堪ふることつひに罪のごと青蟬《せいせん》は涌く杜を帰らむ
吹雪く夜ははや荘厳の花も散ると牛馬《うしうま》放ちいづこゆかむか　（『みずかありなむ』）

たとえば引用の一番目の歌だ。この一首を意味のまとまり、いいかえればひと塊りの完結感として読むことは不可能だとおもう。また作者の身になって推測しようとしても感覚や意味で内側に移入することもできにくい。読み方を変えなくてはならない。シュール・レアリスムの詩を読むように、一首の意味やリズムの完結感を解体して非意味の方へひらいていくために言葉は運ばれている。無関係と飛躍を創るために言葉が選ばれているといっていい。だが理解の緒口《いとぐち》は途絶えていないとおもえる。原型的な難解歌といってみた所縁だが、声調をつくるための呼吸が、短歌的であるよりも一つだけ長いということだ。

わが額に　時じくの雪ふるものは　魚と呼ばれて　あふるるイエス

短歌的な声調を保存するためなら最終句は独立したノエシスにならずに、その直前の「魚と呼ばれて」の述語として完結感をもたせるはずなのに、作者はたぶん意識的に（あるいは半意識的に）もう一呼吸ひき伸ばそうとしている。これは第二首目の作品でもおなじだ。旋頭歌的な息遣いをしている。旋頭歌ではないのに、一首の述意をたどることが不可能なほど難解だが、四小節の際立った断続性で区切られた意味の飛躍からできている。最終句の「手紙もちゆく」は、短歌的声調としてはありえない句だ。だが音数律は短歌的な定型になっている。第三首目、四首目、

まなざしに堪ふること　つひに罪のごと　青蟬は涌く　杜を帰らん

吹雪く夜は　はや荘厳の花も散ると　牛馬《うしうま》放ち　いづこゆかむか

三首目では最終句が、四首目では最終句の直前から、声調の呼吸は一呼吸ひき伸ばされている。前衛的な歌人たち、たとえば典型的に岡井隆や塚本邦雄や寺山修司は短歌に暗喩の表現を自在にみちびき入れることで、いわば短歌的喩とよぶよりほかない喩の表現を自在に定着させた。これとおなじ言い方をすれば山中智恵子は短歌的な声調の呼吸を一つだけひき伸ばすことで、短歌を定型の現代詩の領域にもっていった。超現実的な詩が和語の文法の解体の仕方によって成立しているとすれば、短歌の超現実は山中智恵子のばあい声調の呼吸の仕方を一つだけひき伸ばすことで実行されているといってよい。しかしこの試みは必ずしもいつもうまくいっているとはいえない。ここに挙げた四つの例歌は山中短歌の声調がどんな呼吸法によっているかを鮮やかにしめしているとおもうが、けっして成功した試みとはいえない。短歌的な先入見で読む読者には得体のしれない韻の意味につきあたった気がして、立ちすくんでしまうにちがいない。しかしどんなときに成功した試みになるかは、すぐに実作でしめすことができる。

さくらばな　陽に泡立つを　目守《まも》りゐる　この冥き遊星に　人と生れて
（『みずかありなむ』）

わがゆめの　髪むすぼほれほうほうと　いくさのはてに　風売る老婆

（『みずかありなむ』）

たとえばこの二つの作品の例は、試みがうまくいっているとおもう。二首目をもってくればよくわかるとおもわれるが、短歌的な声調は一呼吸ひき伸ばされているのは先の例歌とおなじなのに、呼吸をはじめから小刻みにすることで、一呼吸ひき伸ばされていることを意識させないからだ。山中短歌にひとを愛着させる要素はたくさんあるが、声調を呼吸法からみたばあいには、ここに純粋根拠があるとおもう。この種の秀歌をもうすこし挙げてみる。

たまかぎる　夕映生《あ》るる石ひとつ　わが鶺鴒《いしたたき》　石たたきゐて

（『紡錘』）

ことばより　水はやきかな　三月のわが形代《かたしろ》に　針ふる岬
よしさらば　ひかりに堪へて　ながらふるもみぢと髪と　とほき誓約《うけひ》と
いかのぼり　絶えなば絶えね　なかぞらの　父ひきしぼる　春のすさのを

（『虚空日月』）

これらは総体からいって一呼吸ひき伸ばされたために生じた短歌表現としての難解さ

と、その難解さの個所そのものが秀歌の根拠だという位置にたっている。だから山中短歌の存在理由をもとめるとしたら、ここにもとめるのが本筋だとおもえる。ただいつも難解、不安定、妄慮をふくむ存在だといえる。わたしたち読者の側からこの難解、不安定、妄慮を無くすとすれば、ふたたび山中智恵子の四呼吸の詩にかえるか、そうでなければ名実ともに短歌的声調に安んじて回帰している秀作にかえるほかない。この反復の力強さは読者の側からすれば無駄だとおもわせないものがある。山中短歌の試みが意識的になされているばあいも半ば無意識だが教養とか資質とかからみあっているばあいも、その試みにたいして繰返し問いかけるだけの価値が具《そな》わっているとおもえる。

葉隠れの　空癒ゆるまで　邯鄲の夕庭に　われも乱れてあらむ
雁峠《かりたを》と　火のごときそのつぶやきに　鳥殺《と》る闇ぞ　潮沫《しほなわ》の部屋
ともしびの　明《あか》き樹氷を思ふにぞ　ゆふべは越えむ　鳥の道みゆ
われにとほき　くれなゐに海をひきしぼり　ゆふべ木枯の　ゆくへのこころ
双手《もろて》より　あかときは醒む　撃ちぬかれ　舟なす鳥の　ふかき海より
（『みずかありなむ』）

まだまだたくさんあるがここでとめる。当惑や吐息も鮮やかに蘇ってくるし、短歌でありながら短歌的な声調にたいして異類でありたいと言いたげな作者の表情も鮮やかに見えてくる。けっしていい作品といえないこの類いの山中短歌に歌論として言葉が与えられなければ、この歌人の精進の跡はつぶれて自壊してしまうような気がする。この歌人のこの類の作品によって、短歌表現を拡張してゆく方途が、まだたくさんの可能性をもって存在することが、どれだけ暗示されたか量りしれない。とくに短歌が掛値なしに日本語のソネットの一形式でありうる可能性はこの歌人の単独の表現の試みに帰せられるような気がする。

ところでわたしは短歌的声調そのままで、資質のあり所をうたいあげているこの歌人の秀歌に言及しなければ結論にはならないと言うべきかもしれない。ほんとは真っ先にこれを挙げるべきなのかもしれないが、わたしには試みの重要さの方が作品のよろしさよりも尖端にくるようにおもえてならなかった。

シャワー浴びてありにしきみよなぐはしき龍骨やせてかなしかりけり
カフェ・オーレいく杯のまばなぐさまむ喝食のごとわれはかはきて　（『星肆』）
山陵志一行添ふるこころには箸のみささぎ麦青みたり
岩の上に魚解かれをり昼顔の海の石垣昏れそめにけり
鳥けもの生き膚剝ぎてひさぎゐつ宇陀の水分《みくまり》くだりきぬれば　（『虚空日月』）

玉すだれ露の撫子おきなぐさわが草花帖空にあふるる
斎宮趾に風字の硯出でしこと序章となさむ秋立ちにけり
勾玉のかたちに露のしづくする月山に来て荒《すさ》ぶむらぎも
歓喜天みにくき四肢を夢にみつ六腑疲れて夏に入るらむ
春がすみ渾沌の世にたなびきて我思ふゆゑに汝《なれ》も在りなむ
今日もまたわれは軽躁なにとやら夢のつづきの歌書き散らし

（『未刊歌集抄』）

（『風騒思女集』）

これらは短歌的な声調のうちにある掛値なしのいい作品だ。たぶんこれらの作品の瞬間はゆとりと安堵感があるのではないだろうか。ただ先にもいったようにこの類いのいい作品が山中短歌の本筋だといいたくない気持がわたしにはある。でもそれはどうでもいいくらいのことだとして、気づいてみると興味ぶかいことにこの類いの安定感のある作品には、声調の一呼吸が少い代償として、日常性のあいだから作者の歴史意識が言葉として、反復蘇るようにおもえる。「みささぎ」、「斎宮」、「魚」、「鳥」、「星」などがキイ・ワードだろうか。「斎宮」というのは天子の息女であるばあいでも姉妹であるばあいでも、またきさき（后）であるばあいでも、天子のほうが（いいかえれば現世の政治的な統治のほうが）、神の託宣を仲保する女性よりも優位になった時代に、天子の近縁の女性を神に婚させることで、天子自身の罪責感を委託させたものだ。いいかえれば斎宮の身辺だけは太古の女系（母系）が天子よりも神に一段と近い存在だった根拠を保存していた。これが「斎宮」に偏執する山中智恵子の声調を一呼吸ながくしてきた理由だということを、逆にこれらの例歌が照しだしているようにおもえる。山中智恵子がじぶんをひそかに「斎宮」に擬し、顕祭と幽祭のあいだを自在に行き渡るイメージは鬼気を感じさせ、わたしなどさすがとおもうほどの気力で、天子（の死）を叱咤しているようだ。

氷雨ふるきさらぎのはてつくづくと媼となりぬ　昭和終んぬ
雨師《うし》として祀り棄てなむ葬り日のすめらみことに氷雨降りたり
深き夜を深沓《ふかぐつ》の音歩みゆく世紀果てなむ夜までのこと
そのよはひ冷泉を越え賢王と過ぎたまふ、そよ草生《ひと》を殺しき
青人草《あをひとぐさ》あまた殺してしづまりし天皇制の終を視なむ
昭和天皇雨師としはふりひえびえとわがうちの天皇制ほろびたり
ひとしづく露のおもひと告げなむか萩むらの萩咲きそめにけり
まどろみて蜩をきくみはふりは昨日《きぞ》の夕の夢にかあるらし
夕風にはてはありけり青蟬に終ありけりきみ逝きしとぞ
夢にあらぬか朝の蜩鳴きやみてこのあめつちにきみはいまさぬ

（季刊「雁」29・「自選一〇〇首」）

昭和天皇の死の前後に大岡昇平や手塚治虫をはじめ何人かの文筆や画筆の人が死んだ。わたしはたまたまテレビ時評をやっていて、あまりの狂騒に苛立っていて、これらの死はまるで殉死のようで抱えこまれて死んだともとれるとおもい、そんなことを書いたのを覚えている。しかし山中智恵子の詠んでいるこの昭和天皇挽歌ともいうべきものは、同時代に比肩すべきもののない完備した情念と感覚と時代の死の宣告の表現になっているとおもえる。

私家集3

『天牛』の歌人・百々登美子の歌の原型はどこにもとめたらいいか考えをめぐらせると、どうしても五音止め、六音止めが浮びあがってくる。

(五音止め)

死後のこと何をねがうや石の面に刻まれている薔薇を撫で
のっぺりと獣肉の吊りさがる店に拒絶のごとき死がひとつ
ひしめきてわれを見にくる鶏冠まだもたぬ鶏どものながき午後

(六音止め)

石壁と知りつつも叩くとらわれて久しくなりしわれらの意志
血のぬめりに熱く眩めりわしづかみに魚卵引き出す青年の手
夜のかたすみに化石のまねをする小鳥どうしてもいまはさびしすぎる　（『盲目木馬』）

七音でおわるところが五音とか六音とかで止めてある。止める必然があるとか、どうしても七音にならないから止めてあるのではない。短歌的な声調に、はいりたくないのだ。そのモチーフは短歌の声調を壊して散文の地面に接続してしまいたいというよりも、あらかじめメタフィジカルな短唱の欲求があってその無型性にむかって解体したいのだと受けとれる。たとえば茂吉の歌に、

鳥獣も然れ希臘《グレシヤ》の神々はいま死なむとする人を見捨つ　（斎藤茂吉『寒雲』）

のように六音で止めてある作品がある。これは「見捨つる」としてしまうと完結して出来すぎてしまい、一個の理念の表現になってしまうからだとおもえる。引用の百々登美子の作品は逆で、むしろ一個の形而上学的な欲求のほうに解体してゆきたいのだとおもえる。その形而上学とはいったい何をさしているのか。この歌人の生理的な資質がこしらえあげる独特の意味だとおもう。石の面に刻まれた薔薇の線刻をなでることにはどんな意味もないし、肉屋の天井から獣肉が吊りさがっている視覚にうつる光景にもどんな意味もない。だがこの歌人にとってそれが形而上的な意味になりうるのだ。それがこの歌人にとっての短歌の元型だといえる。じぶんの方にやってくる鶏の雛の群れはこの歌人にとってな

がい午後の暗示になる。とても崩れそうもないし、動かす反応がありうるともおもえない石壁を叩く行動に似た意志の表白が、とても短歌的な表白になるとはおもえないのに、作者にとっては、そこに貫流する形而上的な意味が短歌なのだといえる。抒情の歌になりえないし、なりえない手法が自明なところで作品ははじまっている。

魚屋の店先でも漁場のひと時の光景であってもよい。魚の腸を裂いて内臓と一緒に卵を抱いた臓器をつかみ出している若い衆に、これだけの形而上的な意味をこしらえられることが、この歌人の元型的な出発点だと言っていい気がする。そのために短歌の声調のうえでどんな工夫をすればいいのだ。七色の虹を描いて一首が終ったらそれでいいのに、五色や六色で、色のひとつかふたつ足りない欠如を、形而上的な光景として、人々に納得させられればいい。これはわたしの空想を交えた推測にすぎないから、当っているかどうかわからない。

この歌人の形而上的な乱調がもっと極度になった例歌をあげることができる。

　夫の愛さぬ眸して食油買いにきし工場に少年工はだしにて冬の種子しぼる
　黙多きふたりの晩餐に注意ぶかく魚骨かみくだく
　聞かされきし神話聞かしやる幼なもなくて冬黙す　（『盲目木馬』）

ここまでくれば日常生活を哲学しているエピグラムにおもえてきて、短歌的な声調のもつ伝統の厚みも華もあまり考慮にいれず、情緒の起伏である日常をひたすらエピグラムのひとつずつに移しかえようとしているようにみえる。

昭和四十四年の歌集『翔』になるとこの歌人の出発点であった形而上的な元型の作品はとても少数になり、大多数は短歌的な声調を獲得しようとしている。しかしここでもこの歌人の心の動かし方は特異で、そのまま読み過ぎていけないものを感じさせる。

求むるは常に山河《やまかは》　春雲雀くび痛むまでかへりこず
胸さぐる鳥のあけぼのひと声のその先を指す一枝《いちえ》あり
まなこ透く蜻蛉の翅のかたすみに秋刺してゆく橋が見ゆ
明けいそぐ河のみなかみに狂気もてひしめく花のまぼろしよ
（『翔』）

これらの作品は、色が七色になっているのに短歌的な声調は復元されていないという印象をあたえる。失敗作なのではなく、この歌人の形而上的な思い込みが、短歌的な声調と確執をかもしながら均衡している姿だと言った方がいい。わたしにはむしろ短歌的な声調が見掛け上は勝利している作品の方が理解を絶するようにみえる。いいかえれば失敗作のようにおもえる。

黄櫨《はじ》色に木をやきつくす夕ぐれの睫毛のおもひはた幽《とざ》すべし
冬ことばいまだひと矢となせずゐて昨日落葉《きぞおちば》踏むとほき水みち
帰りつくま杉のかたへ惜しめとは浄めの水を汲みし蜻蛉《あきつ》ら　（『翔』）

まだいくらでも挙げられる。どうしてかといえば、わたしには失敗作とみえるこれらの系譜の歌が、この歌集の大部分を占めているからだ。失敗作というのだから、わたしがかんがえる失敗の理由も言ってみたい気がする。ひと口に虹を七色にしてしまったからだ。別の言い方をすれば短歌的な声調の膨らみにたいして、この歌人の元型的な資質ともいえる形而上的な要素を、どう拮抗《きっこう》させていいのか方途がつかないために、形而上的なものの大部分は声調の底の方に沈みこんでしまい、ほんの少しだけ息苦しそうに存在感を主張しようとしているようにみえてしまう。

これは成功した秀作を挙げてみればとてもよくわかる気がする。何がわかるのかといえばこの歌人の変貌の根拠ともいうべきものだ。

見くだして過ぐる時間のつらさより生みだされきぬ谷の蜻蛉《あきつ》は
眉間割るごとき頭痛のあとに来る群集もまた春のまぼろし

雛子鳩の墜ちたる叢に向きてゐてすべてのはじめおもふ曙　（『翔』）

短歌的な声調とこの歌人の形而上的な資質の表現が均衡したまま融和している。これを成功した『翔』の作品というべきだとおもえる。ことに第一番目の歌は、この歌人の形而上的な資質が産出した谷間から、現実の蜻蛉が文字通り沸き上がっているさまが、まるで眼にみえるように鮮やかにイメージにのぼってくる。その具象的な光景と形而上的な虚像との接合は、比類なく巧くいっているようにおもえる。

だがわたしたちはこの歌人の資質がもっと奥の方で具象的な光景を切り裂いてゆく道のりを想定していいような気がしてくる。それはこの歌集のなかに稀ではあるが、資質の形而上学を短歌的な声調で包みきった作品があって、まだ行けるぞと思わせるからだ。

ほごされゆく髪の真中に鳴く鳥の頸断たむとす明《あさ》けは雪
病む心捧ぐるに似て鳥巣《す》をはこぶ男を神とまがふ爽明　（『翔』）

わたしにはこの二首の表現しているものはこの歌人の独占物のようにおもえる。だれもこの作品を模倣することは不可能だ。模倣するためにはこの歌人のもつ生理的ともいえる形而上学が必要だし、屈折にみちたながい年月の短歌的な修練もいる。またこの歌人以外の歌人が模倣することに意味があるともおもえない。それほど独占的だ。「ヨブ記」には神がでてきてヨブと問答を交すところがあるが、そこで神が自慢気に主張することのひとつは、じぶんは暁や夕ぐれを造れるし、四季さまざまの造化の変化を造れるということだ。この歌人の「明けは雪」や「まがふ爽明《あさ》」という五音止めは、ついに神話的とでもいうより仕方がない形而上的な定点を造りあげているようにみえる。そのために髪の真中に鳴いている幻の鳥や、その鳥の巣ともいえる女の髪も、男にとっては神話的な形象としてみるべきように変貌する。それをこの歌人に拒むほどのものを、現実の男性はもっていない。

この歌人が歩んできた短歌的な形式の路線からいえば、『谷神』、『草昧記』、『天牛』と短歌的な声調へ形而上的な資質も伝統的な音数もあげて融和し、円熟していく過程のようにみえる。もういいよ、よく戦ったとわたしたち読者がいうより一歩だけ先に、じぶんで祭壇をこしらえている感じで、やはり油断ならない衝撃的な完成感を与えられる。

冴冴と目覚むるときに漕ぎ出でむ魂の青ふかき水辺へ
踏み入りしものに与ふる一言のかなしみに満つ髪は河にて
浄むるは何処の眠り膝あげて牛馬は村を出でてゆきしか
恋ふることもある日の遊び雪に置く帽子の縁《へり》を歩める鳥ら
（『谷神』）

いちまいの落葉の下に水は生《あ》れいみじき藍となれるみなかみ
行きゆきてのちは花なるつつしみの自縛の縄に雛の雪降る
刃こぼれの鎌の上《へ》に来てただよへる燈心蜻蛉《とうすみとんぼ》水のごとしも
身にあまる翼をもたぬ浄しさよ桜の霜葉一笛の風
（『草昧記』）
鶺鴒のふたつ傍《そ》ひゆく水ありき朝食《あさけ》の皿に青菜一盛
流離とはここに在ること朝な来て異国の顔の石人《せきじん》と逢ふ
嘴形《はしがた》のほそき鋏をあがなひてひとすぢの糸断ちゆかむ冬
（『天牛』）

こまかくいえば『谷神』は昭和五十一年、『草昧記』は昭和五十六年、『天牛』は平成元年だから、十数年の距りがあって、同一な短歌的な声調としてひとつ容れ物にくるのはおおざっぱすぎるかもしれない。『谷神』が融和の転機のようにおもえるから、ここを少し丁寧にみてゆけば全体の問題がみえるはずだとおもえる。まず短歌的な声調とのまったき融和は、たぶん抒情の肯定からきている。また鳥たち、牛馬、蜻蛉などこの歌人の形而上的なものを支えてきた形象は、言葉から生ま身のふくらみをもったほんとうの生き物として、この歌人にうしろ姿をみせて遠離《とおざ》かってゆくようにおもわれる。またもうひとつこの歌人の形而上学が主張する形象を抑えきることに、かえって歌人が自信をもつようになったとおもえる。このばあいの想像力の型は、つぎのような作品によくあらわれている。

恥の泪さむき林に春の雪降りこししばし飲食《おんじき》のこゑ

くれなゐの凍みし林檎を捨てし村影絵のごとき祭なしゐつ

雌雄《めを》の鳥こころの木々に来鳴く日の扇のうらの藍の一色

（『谷神』）

「恥の泪さむき林」とか「影絵のごとき祭」をする村とか、鳥が「こころの木々」に来て鳴くとかいうイメージが、少しも抽象的に感じられず、むしろ中味が現実よりももっと多重に現実が詰まっているようにおもえるのは、たぶんこの歌人がひとりで獲得した虚空からの年月の家苞《いえづと》のようなものだ。そういうことに気がついたところで、ひとまず万年筆をおさめたい。

鷗・漱の短歌

1

鷗外は短歌、漱石は俳句というのが、わたしみたいな素人がもっている印象だ。もっと近くでみると鷗外は新体の長歌、漱石は漢詩ということになるのかもしれない。もうすこし話をごちゃごちゃにすると鷗外は長歌と俳句、すこしの漢詩、漱石は俳句と漢詩とすこしの短歌ということになる。

わたしはここで両家の短歌にふれるのをモチーフにしたい。

鷗外の短歌はどんな評価になっているのか、どこから読みはじめるべきかしらないが、本気で作られていると読めるのは「うた日記」からではないかとおもえる。しかし鷗外は長歌のリズムの人であり、どうしても短歌的な声調にならないところから出発している。

ておひたる　人にゆづりて　家はあれど
今宵一夜を　木のもとに寝ん

つはものの　手に手に折りて　敷寝せる
青葉の上に　月照りわたる

夢に見る　人しあらんを　高黍《たかきみ》の
もとにこやせる　つはものあはれ

くさむらに　酸漿《ほほづき》の珠《たま》　照る見れば
満洲の野も　やさしきところ

（森鷗外「うた日記」）

意図的に、露営を詠んでいる作品を任意にならべた。どうしても短歌的声調にならずに七五調がどこまでもつづくような、なだらかなリズムのさまを際立たせてみたかったからだ。鷗外ほどの散文家が、短歌的な声調だけは自由にならなかった。そういうところから出発したといえそうな気がする。なぜそうなったのかといえば、ひとつは個々の言葉遣いを気にして、神経質に彫琢しすぎているからだと言ってみたい気がする。読む方の側は、そうされると一語一句が円満で完結しているようにおもえてきて、短歌的な声調はなだらかでよく磨かれた連鎖の反復に感じられてくる。これと関連することだが、鷗外はあまりに擬古的な語彙に凝りすぎて自由でない。たとえば「高黍《たかきみ》のもとにこやせる」はないだろうと言いたくなるものがある。どうして高粱《こうりょう》の根もとで寝ていることにならないのだろう。鷗外は詩歌で気どっている。いったいどこに脱出してゆくのか気になってくる。

本格的な意味で鷗外の短歌について何かいうとすれば、さしあたって「我百首」（明治四十二年）が中心になるとおもえる。鷗外はここではじめて独自の短歌世界を手に入れた。簡単に鷗外が短歌に開眼した特色を言ってみれば二つになるとおもう。ひとつは短歌的な音数で、物語を描く方法を見つけだしたことだ。もうひとつは事実の記述のような見かけを保ちながら、ひとつのメタフィジックに到達する方法を獲得したことだ。別の言い方をすれば気どりを脱ぎ捨てた。また別の言い方をすれば、じぶんの気どりを資質のなせる必然にすることができる方法を、思想と化したと言ってもよい。

君に問ふその脣の紅はわが眉間なる皺を熨《の》す火か
彼人はわが目のうちに身を投げて死に給ひけむ来まさずなりぬ
我といふ大海の波汝《なれ》といふ動かぬ岸を打てども打てども

接吻の指より口へ傳《かゞな》へて三とせになりぬ吝《やぶさか》なりき
搔い撫でば火花散るべき黒髪の縄に我身は縛られてあり
籠《こ》のうちに汝《なれ》幸ありや鶯よ恋の牢《ひとや》に我は幸あり
富む人の病のゆゑに白かねの匙をぬすみて行くに似る恋
処女はげにきよらなるものまだ售《う》れぬ荒物店の箒《はゝき》のごとく
書《ふみ》の上に寸ばかりなる女《をみな》来てわが読みて行く字の上にゐる

（鷗外「我百首」）

恋歌だけを任意に羅列した。つまり鷗外は三十一文字で小説（物語）を完結する方法を発明したとおもえる。あるいは短篇小説を三十一文字に凝縮する方法を得たと言ってもよい。ここでは持ってまわった気どりが、そのまま形而上的な凝縮になっている。愛人の唇にぬった口紅が、じぶんの眉間のしわを熨す火だというまわりくどく難かしい言い方は、こう言うより仕方がない着想と、こういうよりほか男女の恋愛の表現を、ありきたりでなく云いあらわすことはできまいとおもわれる鷗外特有の気難しさが、形而上的に煮詰められている。愛人がじぶんの眼をみつめるあまり、眼のなかに投身して死んだので、このごろ来なくなったのだろうという言い方も、鷗外のほかに短歌的な表現として発明したものはいない。三十一文字が作られる過程で、あるいは作りおわった結果として、こんな表現になったというよりも（なったのかもしれないが）、表現以前に思考と情緒を凝集して、言いまわしを作り上げてしまっていたと言いたくなるような、濃縮が施されている。まぎれもなく鷗外短歌が独自の歌人の風貌であらわれてきている。指に接吻する親愛から口に接吻する親愛まで三年もかかりましたよというのも、まわりくどいと言えばいえるが、鷗外が知慧をしぼって到達した言い方で、鷗外以外の歌人には不可能にちかいといっていい。情緒も感覚も必要だろうが、こういう表現には何よりも思考の集中がいる。そして「我百首」は思考力の集中の非凡さで、短歌的な声調を作りだしている。その手腕はどんな歌人にも不可能と言えるほどのもので、鷗外の強靱な思考力なしには「我百首」の歌は成り立たない。いちばん終りに挙げた、本のうえに一寸ほどの女がやってきて、じぶんの読みすすんでゆく字のうえにのっていたというのもおなじだ。たぶん本を読みながら、ある女性の面影をあれこれと思い浮べている状態を詠んだものとおもえるが、これは着想が卓抜だというよりも、思考力の強さが別格だといった方がいいとおもえる。

　鷗外の短歌はだんだんと思考力の強い凝縮に見せ場をつくるところから離脱するようにみえる。その代りにゆるぎない対象選択力を手にいれる。わたしには明治有数の歌人におもえてくる。

　一刹那千もとの杉のおほ幹とふもとの湖《うみ》と見する稲妻

　わが足はかくこそ立てれ重力《ぢうりよく》のあらむかぎりを私《わたくし》しつつ

廊をゆく中の一人の足のおとふと聞きわきて我をいぶかる　（「一刹那」）

相語る声うややし道に逢ふ角《つの》ある人と角ある人と

わぎもこが捕へし蝶に留針《とめばり》をつと刺すを見て心をののく　（「潮の音」）

鷗外はまるで自然や人の形をした魂を写実しているようにみえて、舌をまくと言いたいところだ。自然の樹木や湖水の関係も、人間と人間の関係も、ぴたりと鷗外の形而上学的な序列のなかに、影絵のようにはまり込んで動かない感じがする。影絵の人間に角があってもいいし、妻が無雑作に蝶に留針をつき刺して標本を作ろうとする動作に、ぞっとするほどの女人恐怖を覚えてもいい。鷗外の形而上学の生理はすでに短歌的な表現としては決定している。

京はわが先づ車よりおり立ちて古本あさり日をくらす街

夢の国燃ゆべきものの燃えぬ国木の校倉《あぜくら》のとはに立つ国

戸あくれば朝日さすなり一とせを素絹《そけん》の下に寝つる器に

み倉守《も》るわが目の前をまじり行く心ある人心なき人

別荘の南大門の東西に立つを憎むは狭しわが胸

落つる日に尾花匂へりさすらへる貴人《うまびと》たてり光のごとく

富むといひ貧しといふも三毒の上に立てたるけぢめならずや　（「奈良五十首」）

これは鷗外の生理的ともいうべき形而上学が、これわれて平明になった声調のあいだに、歴史感情と時代感情が映っている古典的な文物の歌とおもえる。

2

漱石の短歌はぜんぶあわせても十首にみたない。そして格別の評価をつけられない偶作ばかりだと言えばいいえてしまう。

蓬生の葉末に宿る月影はむかしゆかしきかたみなりけり　（明治二十二年）
情あらば月も雲井に老ぬべしかはり行く世をてらしつくして
杣人もにしき着るらし今朝の雨に紅葉の色の袖に透れば
赤き烟黒き烟の二柱真直に立つ秋の大空
山を劈いて奈落に落ちしはたゞ神の奈落出でんとたける音かも　（明治三十二年）
高麗百済新羅の国を我行けば我行く方に秋の白雲
肌寒くなりまさる夜の窓の外に雨をあざむくぽぷらあの音
草繁き宮居の迹を一人行けば礎を吹く高麗の秋風　（明治四十二年）

これでたぶんすべてだ。どう言うべきかしらないが、鷗外の初期の短歌とともに、漱石のこんな短歌作品を読むと、何となくほっとするところがある。意味をつけられない形式の残像が初期鷗外や漱石を動かしている有様を想像できるからだ。鷗外はそのすさびをくぐりぬけて、「我百首」のような鬱然とした作品に到達した。漱石は、短歌形式をいうなら、いまあげた十首たらずの作品でいうべきでなく、俳人たちと試みた附合いの作品を問題にすべきだとおもう。

いづくより流れよりけんうつろ船　（虚子）
大き過ぎたる靴の片足　（漱石）
提灯のやうな鬼灯谷に生え　（虚子）
河童の岡へ上る夕暮　（漱石）
ばつさりと後架の上の一葉かな　（漱石）
壁の破れを出る蚌　（虚子）

行春や未練を叩く二十棒　（漱石）
　青道心に冷えし田楽　（漱石）
生きて世に梅一輪の春寒く　（漱石）
雪斑《まだら》なる山を見るかな　（漱石）

この種の附合いや、附合いの見込みで作られた短歌形式は、まだあるが、これだけ挙げれば充分だとおもえる。そしてこれらの作品は、はじめに挙げた短歌作品の慣性にくらべてはるかにいい作品になっている。何がいい作品にしているかといえば、漱石に固有の諧謔心と言っていいものだ。『吾輩は猫である』や『坊っちゃん』のような作品のある側面に流露してくる開けた屈折のようなものだ。ほんとは悲しい心であるかも知れないものを、すこしひき外してみせることができる資質だといってもいい。教養としては江戸戯作や狂歌からきているのか、落語からきているのか、英文学の流れからきているのか分らない。ただ資質としてこの漱石の諧謔心は、鷗外にないものだった。鷗外が「我百首」やそれ以後の「奈良五十首」で、ひとりでにやってしまったのが三十一文字による目のつまった小説作品だったとすれば、これらの附合いや独り附合いに似た短歌形式でやりたかったのは、『吾輩は猫である』や『坊っちゃん』や『草枕』などでやりたかった諧謔や俳諧味の世界だったにちがいない。小説作品は余裕を持とうとしても持ちえない悲劇へつきすすんでしまったからだ。たとえば「行春や未練を叩く二十棒」の作品は優れたものだが、狂歌にしては真面目すぎ、短歌にしては風俗的な視線が強すぎる。また最後の「生きて世に梅一輪の春寒く」は、まともな短歌作品だが、やはり視線は風俗の視線といってよい。たとえてみれば『三四郎』のなかの団子坂の菊人形の雑沓《ざっとう》のなかで感じる自然な孤独のようなものが、これらの短歌形式を成り立たせているとおもえる。漱石がこの短歌形式を俳句のほうにしぼっていったのは必然だった。

『神の仕事場』の特性

1

岡井隆の歌集『神の仕事場』は格段の飛翔にみえると、まえに評したことがあるとおぼえている。この飛翔の意味は、個人の短歌表現の閲歴にとっても、近代よりの短歌史にとってもおなじことを意味している。これをもうすこし詳細にいうとすると、特性を露わにとり出してみることになる。特性は二つに帰着するようにおもえる。

㈠

鷗外を垂直に引き込みたるは百年前の此処《ここ》の夕闇　（「此処」はベルリンのこと）

留守のまにはひりてをりし電話より女狐《めぎつね》の声たばしれるかな

つづまりは制度の束、煮くづれし野菜の皿が昨日《きのふ》に見えて
ははそはの母を思へば産道をしぼるくれなゐの筋の力や
カンボジアの死（注、文民警官戦死）の扱ひが気にくはぬ成るつたけ薄く引けマーガリン
アメリカは戦後日本のそ、そ、祖型なンだ思はずどもつてだまる

㈡
天つ邦ゆざわりりりつつ米《こめ》を購《か》ふぐつめのつめじゆらめくOriza《オリザ》
叱つ叱つしゆつしゆつしゆわはらむまでしゆわはろむ失語の人よしゆわひるなゆめ
モリスは君の言ふ事だけはきくやうだ（メトロで行かう）雉《きじ》の朝狩
すまぬすまぬ表現の流れが気になつて（年だよ）帯《おび》文の冒頭の仮名《ルビ》

こう㈠㈡に分けて並べてみる。㈡の試みは以前から岡井隆はしきりに試みてきた。ひと口に音喩《オノマトペ》に類する分節化されない言葉を、音数律の線上に並べることで意味以前の意味を暗示しようとする試みといってよかった。そして受けとる側も、あたかも何も意味しないのに意味があるかのように受けとることができた。その理由は二つある。ひとつはこの音喩めいた言葉が音数律の線上にあるということだけで、短歌的な定型から逆にやってくる意味に類似した意味づけを感受できるからだ。もう一つは嬰児の〈あわわ言葉〉のよう

に、じぶんを母親の場所に仮設して身をおき、意味として聞きとれば、読むものにとって意味を暗示されているかのように感受できるからである。

この音喩的な試みは㈡の後半に挙げてみた（　）《カッコ》のなかの言葉を、音数律の線上におく試みに接続する。この（　）《カッコ》のなかの言葉は意味がある言葉だが、短歌的な表現としていえば表現の流れの本筋とは異質なところから出てきた独《ひと》り言《ごと》のような言葉を、おなじ音数律の流れに挿入していることになる。音喩とは違うが、異次元からくる言葉を同じ線上に置いたということでは、一首の意味の次元を立体的に拡張していることになる。

それならば当然もっと拡張の試みはなされるべきだというふうにもいえる。それは㈠に例示した短歌にあらわれている。こういう単純な言い方で、済ましたつもりになっては、もちろんいけないのだ。歌集としての『神の仕事場』の特色はこの㈠に挙げた作品の系列にかかっているといってもいいからだ。もっと別の言葉でいえば『神の仕事場』が短歌史のなかで未踏の領域に達したとおもえるのは、この㈠に類別される作品の存在することによっている。わたしの判断はそうだ。もちろんこの歌人にとっては㈡に分類した言語的な意味をもてない音喩を、未明の意味として表現するながい試みの歴史があった。この試みは宮沢賢治が詩作品でやっていたとも言えるから岡井隆の試みを未踏ということはできないかもしれない。だが岡井隆はこの試みと連続する軌道の上に㈠に挙げた短歌の表現を造り上げている。

それでは㈠にあげた短歌の特性はどこにあるのだろうか。わたしはこの『写生の物語』の一連の文章で使ってきた概念を延長して使いたいのだが、この『神の仕事場』のいちばんの特性である㈠の短歌作品の系列は、はじめて意味ある短歌句（表現）の句の意味を、意味でありながら短歌的なリズムとメロディを拡大するのにそのまま役立てている。別の言葉でいえば、これらの短歌作品の系列で、短歌の句の意味は、そのままでリズムとメロディに転化されている。いままで再三述べてきたように岡井作品は意味にならない音喩の言葉から意味以前の意味をひき出す試みをやってきた。そしてその試みの極限のところで反転させて、意味そのものである短歌句をリズムとメロディに転化させる表現法を獲得したといっていい。わたしの知っているせまい範囲でしか言えないのが残念だが、この方法は『神の仕事場』がはじめて開拓して、わたしたちの眼の前に開示したといっていい。もちろん岡井隆にとっては永いあいだ音と意味との短歌的音数律のなかでの変形と融合のヴァリエーションの問題であった。そしてこんな言い方ができるとすれば、短歌的な言葉における音と意味の変形と融合の臨場感から、言葉の意味が意味のままメロディを発生する瞬間を表現として捕えたと言うべきだろうか。

『舞姫』にフィクション化されているように、陸軍に属する予防医学の研鑽のため、鷗外はドイツに留学し、ベルリンに生活する。その折、ドイツ人の貧しいダンサーと恋に陥る。それは作者岡井隆がベルリンを訪れたときから百年前だ。作品は鷗外を「垂直に引き込みたるは」と表現している。これを意味として受けとれば、ベルリンに潜んでいる不思議な夕闇の魔力（魅力）が、鷗外を真っすぐに暗い深みに惹き入れたのだと言っている。卓抜な修辞的な意味をもっている句だといえば済みそうにおもえるが、わたしにはそれだけとはおもえない。「垂直に引き込みたるは」という表現には、うなりたいほどの魔力（魅力）があって、わたしなどはかつてどんな短歌作品からも受けたことのないような波動を感覚できる。それはどこからくるかを言ってみれば、垂直に引き込むという修辞が、文字どおり留学生鷗外を捕えたあやしい魔力を象徴する意味句でありながら、同時にこの句から一首に豊饒なメロディを発信しているからだとおもえる。この表現は普通ならば巧みではあるが意味句として一首のなかの役割を荷っているだけだと読めるものだ。だがわたしには（たぶんわたし以外の読者にも）それだけでなく何ともいえない響きがこの句から発信されて、一首全体のリズムやメロディに加わっていくように感じられる。そんなことはありえないはずだ。しかしそんなことがありえないはずの音喩的な句に、意味の原型をもたせるような逆の試みならば、この歌人は永いあいだたびたび試みてきた。いま垂直に引き込むという表現が、逆にメロディを意味と同時に発信しても不思議でない気がする。その根拠はこの歌人のなかで、短歌的表現では、音喩のメロディは意味を発するし、また意味はそのままでメロディを発することが、無意識のうちに体得されてしまったからではないだろうか。別の言葉でいえば、前衛歌人として緊迫した言葉とは九〇度ほど違う跳躍の方法があることを、短歌の思想として体得したとでも言うべきだろうか。「垂直に引き込みたるは」という修辞には、緊迫が尖鋭さではなく濃度の緻密さのことだという作者の思想がこめられていて、それがわたしたちにメロディを発信している。

二首目の留守電に入っていた声を聞いてみたら「女狐の声たばしれるかな」というのもまったくおなじだとおもえる。「女狐の声」は、たぶんリアルな声としては、かん高く切口上の女性からの通話が再生されてきたということに相違ない。すると「女狐の声」はや皮肉をこめた女性の通話の声にたいする巧みな言い廻しのようにみえるし、またそうには違いない。だがこの「女狐の声」と「たばしれる」という表現は一首全体にあるメロディを附加する。このメロディはどこからくるのかをつめてゆくと、電話に入った女性（の声）がどんな感じを与えても、いいかえれば嫌な声だとおもっても怒られている声だとかヒステリックな声だとかおもわれても、そこにはこの歌人の主な関心はなくて、ただその声を冷静に中性（立）的に聴くことができる余裕が、人間にたいする思想として獲得されているからだとおもえる。だからこの「女狐の声」が意味からメロディの方へ転換し、同時放射できる交響のようなものがあらわれる。わたしには短歌的な表現の特性としての「女狐の声」や「たばしれる」がかもしだす意味からメロディへの転換を何と呼ぶべきかわからない。またなぜこの歌人だけが近代以後の短歌史のなかでこの特性を獲得しえているようにみえるのか、巧く解釈することができない。ただ個人的には音喩の意味化について独自の修練と試みをやってきた果てに、ぽっと現われた成果のように感じられる。こうかんがえてくると三首目の「制度の東」という意味句の交響させるメロディはひとつの極限のようにおもえてくる。わたしたちが「制度の東」という句から受けとれる意味は精いっぱいのところ〈制度の果てにあるもの〉あるいは〈制度の彼方にあるもの〉というところまでのような気がする。だが「制度の東」と表現したところであるメロディが発信されるのを、読者は聴くのだ。わたしにはこの歌人のなかに、短歌的な表現のなかでは言葉は意味と同等の力価でメロディやリズムでありうるという徹底した明智かあるいは修練が生きているとおもえる。それとともに具象物と抽象物、物象と心象はいつでも異質の障壁なしに連結したり、交換したりできるという自在さが獲得されていると信じられる。

2

もし声楽の専門家みたいな人がいたら、ある呼吸法の度合がこの歌人に習得されて薬籠にはいっているために、この自在さが得られているというかも知れない。またわたしたちは言葉の働きのうえで、意識と無意識の融合のある度合のところから言葉が発信されるとき、ひとりでにこの種の自在さが得られるとかんがえたい気がする。だがわたしたちが言葉の働きと片付けているものは、ほんとは歌人の生の体験の成熟や生活の経験と資質の働きの偶然の融合の働きも含めて、言葉が稀にみるよい培養基のなかで育まれているせいかも知れない。

わたしたちは短歌的な表現を交響する音形で比喩してみるとする。いま意味の機能をまったく抜いておくとすれば、細長い葉巻きの形をした密雲の塊りのように見做すことができよう。すると岡井隆の『神の仕事場』の交響する密雲は、わたしたちが短歌的な声調にみているものの倍増した円方体（２×２×２）に比喩することができる作品に出遇う。いわば意味句が、下句または上句の全体でメロディを発信している例に出遇うからだ。

（北窓のうつくしい刻）

沖を行くくらき親潮また君は挫折のうへにあぐらをかいて
たとふれば秘密のみつは蜜の味ドンファンの背に頰を埋《うづ》めよ
ちつぽけな嫉妬の燭に火がついてぼくならほんと耳を嚙むのに
降る雪は古典の雪に相似つついつそかうなれば走れ幌馬車

（夜書いた詩を）

比売《ひめ》よ嘆くな批評は葉つぱ詩は華だシーツの痕がまだ頰にある

駅ごとにエスカレーターが増えてゐる。

北風の老いを援《たす》けてあはれあはれM駅新設エスカレーター

（冬螢飼ふ沼までは）

富なるべし薄雪《うすらゆき》めく富なるべし僕をかれらから遠ざけたのは（岡井隆『神の仕事場』）

きっと短歌的な意味としてこれらの表現は岡井作品にかつてなかったものだと言えるのかもしれない。たとえば岡井隆の詩歌的エロスの表現において「ドンファンの背に頰を埋めよ」とか「ぼくならほんと耳を嚙むのに」とか「シーツの痕がまだ頰にある」という延びやかな作品はなかったような気がする。また「いつそかうなれば走れ幌馬車」などほんとに「走れ幌馬車よ」という実際のメロディがのってくるほど延びやかだ。また「挫折のうへにあぐらをかいて」という下句や「富なるべし薄雪《うすらゆき》めく富なるべし」という上句の表現などでも、この種の表現にともなう罪障感のようなものの影はまったくふっきれ、何とも言えぬ延びと調和を獲得している。

しかしそれにもまして強調されるべきなのはこの種の表現が意味よりもメロディを発信して、それが短歌的な声調の交響を倍増しているようにおもえることだ。下句または上句の全体から響いてくるメロディが全体に及びそれが円方体の立体的な交響を倍加している。わたしにはたとえば「淡海《あふみ》の海夕波千鳥」という『万葉』歌の和やかに延びひろがる交響とおなじものを、意味句自体の力で発信しているようにみえる。この歌人が何となく天空に入ったなというわたしの感慨のようなものは、ここに発祥している。

明石海人の場合1

1

何よりもわたしなどの知っている明石海人の歌は、痛切さと透明さの記憶に集約される。作品でいえばつぎのようなものだ。

診断を今はうたがはず春まひる癩《かたゐ》に堕《お》ちし身の影をぞ踏む
人間の類を逐はれて今日を見る狙仙《そせん》が猿のむげなる清さ
咳《しはぶ》くは父が声なりかかるさへ限りなる夜のわが家にふかむ
幾たびを術《すべ》なき便りはものすらむ今日を別れの妻が手とるも

（明石海人『白描』「診断」）

昼こそは雲雀もあがれ日も霞め野なかの家の暮れて幽《かそ》けさ
紫雲英《げんげ》咲く紀の国原の揚雲雀はかなきことは思ひわすれむ　（『白描』「紫雲英野」）

もう何十年まえに読んでから一度も忘れたことなく、時に応じて諳《そら》んじてきた歌もある。また、十年くらいまえ再読して思いちがえていた助詞や助動詞を訂正した歌もある。とにかくこれらの歌は暗誦できるほど深く入っていて、要約すると痛切と透明という思いになっていた。だが痛切さの順序は感銘度の順序か、という問いを発してみると、少しちがってくる。なぜかというと、これらの病初のときの作品には耐えに耐えたはての感情の均衡があって、それが感銘の度合を高め、透明な感じにつながっているようにおもえたからだ。そしてこの感情の均衡はもしかすると海人がまだ癩の実状を体験してないところからきているかもしれない。療養所の生活に入ってから、意識不明の状態に何度か陥ったときを詠んだ作品があるので、対比してみる。

更くる夜の大気ましろき石となり石いよよ白く我を死なしむ
しんしんと振る鐸音に我を繞りわが眷族《うから》みな逐はれて走る
息つめてぢやんけんぽんを争ひき何かは知らぬ爪もなき手と
床下に一つゐて鳴くこほろぎの声のまにまに死にかはり来ぬ　（『白描』「蟋蟀」）

主題を重くみる見方からすれば、これは癩の告知をうけた当初の歌よりも、はるかに痛切な意味をもった作品だ。にもかかわらず読む者のうける感銘度からいえば「人間の類」を逐《お》われるような思いのなかの、当初の作品よりも感銘はすくないと感じる。それは作者自身が精神の急迫のために均衡をたもてずに、ぎくしゃくとした結節がおおく、それが音韻とリズムの不透明感になり、読者に渋滞を強いるようにおもえる。痛切さの体験を平静に客観視する余裕がないことが、音韻とリズムの乱れとなってあらわれ、読者に感染するからであろうか？

わたしはもう少しこの歌人の実質をつめてみたい気がする。そのために主題の痛切さを外してみればいいとおもう。

暮れのこる土の乾きに甘藍は鉛のごとく葉を垂らしたり
夕焼の雨にかならしひとときを簷《のき》さきに鳴く一つ青がへる
厠戸のひらき重たく降る雨のやみ間を黄ばむ夕空あかり
夕まけて芭蕉わか葉にやむ雨は砌《みぎり》の石に乾きそめつつ　（『白描』「夏至」）
風鳴りは向ひ木立にうすれつつ夕べを鳶のこゑ啼きいでぬ　（『白描』「盛夏」）
庭さきにさかりの朱《あけ》をうとみたる松葉牡丹はうらがれそめぬ　（『白描』「立秋」）

　叙景歌だけをいくつか拾って挙げてみた。主題の痛切さを解体するためだ。するとこの叙景歌はいくつかのことを暗示しているとおもえる。第一に気づくのは、明石海人という歌人が淡々とした自然歌人ではないということだ。別の言い方をすれば叙景をかなりな度合で、じぶんの主観に沿って切り揃え、植木屋が枝葉を切り揃えるような切断の仕方を、やっている。キャベツが「鉛のごとく」葉を垂らしているとか、雨になりそうなのか夕方に「一つ青がへる」が鳴いているとか、雨の切れ目に「黄ばむ夕空」だとか、「風鳴りは向ひ木立にうすれつつ」とか、「さかりの朱《あけ》をうとみたる松葉牡丹」だとかいった言いまわしにあらわれている。もっとのびのびとした歌言葉で、おなじことが叙景できそうにおもえるのに、景物や景物の動きを主観的な視線で切りとっているために、音数律や音韻やリズムが、意味の犠牲になってぎこちなくされている。『白描』の秀歌でかんがえられているよりも、ずっと複雑な知力の持主のようにおもえてくる。第二にこの歌人は古典的な素養がなかなかのものだということと、もしかすると長塚節の影響があるのではないかとおもえることだ。

　夕凪ぐや眼下潟《まなしたがた》にしづむ日の光みだして白魚《はくぎよ》跳びしく
　あかあかと海に落ちゆく日の光みじかき歌はうたひかねたり　　（『白描』「立秋」）

暮れおちて冷えさし来《きた》るひむがしの窓をまともに月さしのぼる　（『白描』「秋」）

こういう例歌にみえる光の差し方が、晩年の病におかされてからの長塚節の歌ととても似ているような気がする。そしてそんなにいい作品とはおもえない。なぜかといえば、短歌的声調からいえば、とうてい器にもりきれないほどの意味をつけ加えようとする意志が強いからだとおもえる。はじめの例歌でいえば「白魚跳びしく」という最終句は、つけ加えるのは無理だとおもう。眼下にみえる海の入江に夕凪ぎのしずかな日の光がさしているというのが短歌的な叙景だ。「白魚跳びしく」というのは、はねた魚の姿が白く見えたと言いたいにちがいないのだが、それをつけ加えずにおられない表現域は、短歌の本姿ではなく、作者の主観に叙景の素直な流れを否むこころがあるからだとおもえる。二首目の「みじかき歌はうたひかねたり」というのは、その主観を言いえているとおもえる。夕日が海に落ちる風景にただ満たされたくない思いがあって余剰を与えている。三首目の「冷えさし来《きた》る」や「窓をまともに」という表現も、わたしにはこの歌人のもっている複雑な心象のあらわれのようにおもえる。これはもっとはっきり語法の特徴とまで言えるのではないかとおもう。

陽あたりは移りつくして紙障子ほの青みつつ冷えのさしそふ

サンルームの壁に斜めに日のうすれ夕べはさむしものの焦げつつ
降りいづる雨あし暗き日の暮れを相撲放送の声あわただし
（『白描』「冬」）

例歌の第一首「冷えのさしそふ」、第二首の「ものの焦げつつ」、第三首の「相撲放送の声あわただし」も、短歌的声調にとっては異類のところからやってきた表現で、どこかあらぬところから一首のなかに入ってきた感じになる。これはいったい何なのだという疑問が、明石海人の本来的な謎のような気がする。たくさんのことを一首につめこもうとしたとはおもえないが、明石海人のなかに短歌的な声調では充たされない異類の言葉があって、無理にもそれをもちだして処理しようとしたのではないか。たとえばいちばん説明しにくいから三首目を例にとってみる。これは雨のふりだした日暮れどきに、あわただしい口調で勝負の移り行きを告げている相撲放送があったという事実のめぐり合せを詠んでいるとはおもえない。作者は、雨がふりだした暗い日暮れに、この作品では何かわからないが作者にとって重要な出来ごとが、精神的にか身体的にかあったということを詠みたかったのだ。相撲放送があわただしいアナウンサーの声で勝負のありさまを放送していたというのは、作者の暗い出来ごとを短歌的な表出の外側から、いわば外来的に暗喩するものという意味をもっていて、決して偶然の事実をのべたものではない。二首目をとってもいい。最終句の「ものの焦げつつ」は、事実として何かの焦げる匂いがあったとしても、一首の表現したい願望はその前の句までで完了していて、まったく外来的な句が音数律に乗ってあらわれているにすぎないとおもえる。第一首目の「冷えのさしそふ」というのもおなじだ。

こういう解釈が成り立つためには「陽あたりは移りつくして紙障子ほの青みつつ」や、「サンルームの壁に斜めに日のうすれ夕べはさむし」とか「降りいづる雨あし暗き日の暮れ」とかの情景に、この歌人の詩情《ポエジー》が集約され、完了されているとみなくてはならないとおもえる。そしてわたしには日暮れどきの暗く冷たい日差しに、あるいはその情景に見入っているじぶんの姿に、この歌人の詩情が動いて集中されているのだとおもえる。しかしこの情景は散文詩（いわゆる現代詩）的ではあっても、短歌的な起伏はないために、歌人は外来的ともいうべき句をもってきて、短歌的な音数をととのえることになっているのだと理解される。

2

わたしのありきたりにすぎない理解の仕方では、本来は散文詩（現代詩）的なこの歌人の詩情《ポエジー》と意味の痛切さとが、うまく短歌的な声調のなかに融け合っている作品は二つの種類にわけられるようにおもえる。ひとつは意味の痛切さがかろうじて短歌の特性を保った作品、もうひとつは散文詩（現代詩）的な詩情《ポエジー》を、円満に短歌音数律と融和させた作品だ。

幾たりのかたゐを悶え死なしめし喉の塞《つま》りの今ぞ我を襲ふ
総身の毛穴血しぶき諸《もろ》の眼のはじけ果つべししかも咳きに咳《せ》く
刻々にけしきを変ふる死魔の眼と咳き喘ぎつつひた向ひをり
うつうつと眠るともなき日の暮を母が声のす夢としもなく
（『白描』「喉」）

最終の句はいかにもはみだす気配をしめしながらも外来の句ではない。痛切さが極限の意味をもつため、この歌人が最終句を外来化したくても内部に抑制せられざるをえなくなっていると解するのがいい気がする。そうでないと音数律をいくらかでもはみ出そうとする気配に、うまく意味を与えられない気がするからだ。もう一つの種類がある。

世の中のいちばん不幸な人間より幾人目位にならむ我儕《われら》か
（『白描』「慰問品」）
鳴き交すこゑ聴きをれば雀らの一つ一つが別のこと言ふ
（『白描』「立春」）
簷《のき》さきに声けたたましこの朝を雀らの世に事のあるらし
（『白描』「晩春」）
蒼空のこんなにあをい倖をみんな跣足で跳びだせ跳びだせ
軽戦車重戦車など遠ざかり花びらを啖《く》ふ小犬と私
（『全集』上『翳(一)』）

噎《はなひ》れば星も花瓣もけし飛んで午後をしづかに頭蓋のきしむ　（『全集』上『翳㈡』）

『翳』㈠、㈡は『白描』以後のまとめられた作品だとおもえるが、いまのわたしには確めるゆとりがない。だがこの歌人の作品のなかに平明な短歌的声調で詠まれたこんな短歌があるのを見つけだしたとき、歌人はリズムと音韻が充たされたはてに、ひとつの天上を見たのではないかとおもえて、ほっとさせられるのだ。

明石海人の場合2

1

明石海人の短歌について、大筋のところは取り上げられた。そう言いたいところだが、わたしのなかで、どうしても短歌的な声調からはみだしてしまう難解さの発生源に、ついに納得ゆかない不明さがのこっている。一応の理解では、短歌ではなく散文詩（現代詩）にしてしまいたい声調が、どこかに潜在しているからだといえそうな気がしている。だがそれにしてもこのばあい散文詩（現代詩）的な声調という意味は消極的で、むしろ非短歌的といった方が実状にかなっていて、積極的に散文詩（現代詩）の声調だという根拠はどこにも確かめられない。短歌としては異化されていて、そのために難解になっていると言った方がいいのかもしれない。生存中に、まだ癩が完治不可能な天刑病のように言われていたために、生活史的な固有名の発祥がぼかしをかけられていたのとおなじように、海人の短歌的な異化の表現には、無意識と意識の二つの層で不明な由緒がのこされている気がする。その不明さと難解さの性格はつぎのようなものだ。

涯もなき青空をおほふはてもなき闇がりを彫《ゑ》りて星々の棲む
ひとしきり物音絶ゆる簷《のき》をめぐり向日葵を驕らす空の黝《くろず》む　（明石海人『翳㈠』「空」）
銃口の揚羽蝶《あげは》はつひに眼《ま》じろがずまひるの邪心しばしたじろぐ
まのあたり向ひの坂を這ひあがる日あしの赤さのがれられはせぬ　（『翳㈠』「斜面」）
踏みしだく茨にうすき血を流し隈なき声をのがれむとすも　（『翳㈠』「砌」）
夜一夜に壁の羽虫を刷きおとし地平きびしくむき直り来ぬ　（『翳㈠』「冴」）
昨夜の雨の土のゆるみを萌えいでて犯すなき青芽の貪婪は光る　（『翳㈠』「年輪」）

音数律だけは、かろうじて短歌的声調にとどまっている。だがどんな歌の意味かを問うと、ほとんどとらえられない。たとえば一番目の歌は、はてしなくひろがる晴れた日の夜空の闇に、いっぱいの星がまるで暗がりに彫られたように散らばっているという意味にとれる。だが修辞的な労苦はあるといえても、ポエジーとしての意味はまったくないか、ほんの少ししかない。第二首目では文字通りの意味はたどれても、その意味自体が統御を欠いているというほかない。中味が深く多様な響きをもつから難解なのではなく、修辞的な統合をもたないから、難解なのだ。三首目の「銃口の揚羽蝶はつひに眼じろがず」もその次の「まのあたり向ひの坂を這ひあがる」もまったくおなじで、空想を交えれば意味をたどれないことはないとしても、ポエジーとしての存在理由を見つけだすことはできない。これは『白描』の透明さと痛切さに感銘をうけるものにとっては、おなじ歌人の作品とおもえないほど謎めいたことになっている。これはどうしたことか。この疑問にはもう少し接近するやり方がありそうな気がする。それはもっと謎めいた難解歌を眺めてみることだとおもえる。

星の座を指にかざせばそこここに散らばれる譜のみな鳴り交す
脊ばしらをさかのぼりくる眼を放ち空の杳きに神々を彫る　（『翳(一)』「星宿」）
おちきたる夜鳥のこゑの遥けさの青々とこそ犯されゐたれ
夜をこめてかつ萌えさかる野の上にいちめんの星はじけて飛びぬ　（『翳(一)』「翳」）
玻璃ごしに盗汗《ねあせ》の肌を嗅ぎ寄るはおのれ光れる冥府《よみ》の盲魚か　（『翳(二)』「妻」）
水銀柱窗にくだけて仔羊ら光を消して星の座をのぼる　（『翳(二)』「夜(2)」）

わたしには短歌の音数律に封じ込められた難解さは一層大きくなっている気がする。リズムの取り方は音数に忠実であろうとしているのに、修辞はどこを目指そうとしているのか、ますますわからなくなっている。

2

ここまできて、明石海人の詩（概念）にとびうつるよりほかないとおもえる。

カンナは黄血塩を受胎して大虚に放卵し
葉かげにひそんで脚長蜂は黄金《きん》を錬る。

（「真晝」冒頭の二行）

狙はれる盲点のなかで
会衆はいつせいに木机と化した
螺旋形の鐘乳する刻薄な時間
覆面の大気がわたしを押出す
方位は窓に失せた
しなやかに手套を脱ぐ回想を竦めて
暗室ランプの赤光が黒い壁をよこぎる

（「断層」冒頭より七行）

明石海人の難解歌の極限のところは、こういうかれの詩的修辞と同致するようにみえる。この修辞法は誰のものかといえば、明石海人の全集にも解説文を寄せているが、吉川則比古のものだとおもう。もちろんそういう修辞的時期があったという言い方をすれば、吉川則比古から吉田一穂までということになる。この修辞法の詩の読み方は、まず漢語の一字から一語彙にいたる形象と意味があれば、それから喚起され、刺戟されたイメージをできるかぎり拡げてみる。そしてそのあとにくる一字または一語彙との連鎖するイメージと意味を感受する。それがポエジーとかんがえられている。これは詩をつくる方の側からもおなじだ。それを作りあげることがポエジーなのだ。たとえば「黄血塩」という言葉があれば、化合物として水に溶かせば黄色液になる物質を意味することが重要なのではない。「黄」という漢字が喚起するイメージ、「血」という漢字が喚起するイメージ、「塩」という漢字が喚起するイメージのそれぞれと、その漢字が、「黄」「血」「塩」と接続したときのイメージが喚起するものに、ポエジーが内在するという考え方になる。もちろんつくる方もそのために修辞をえらぶので、意味の持続性にポエジーがあるというようには詩がつくられない。たとえば吉田一穂の詩は、かろうじて凝縮度と修辞で普通言う意味でのポエジーを感じさせる。吉川則比古のばあいには一穂ほどの凝縮度がないばあいに難解や不明の感じを与える。明石海人はおそらく吉川則比古の大きな影響下に短詩の創作に打ち込んだ時期があったに違いない。それは海人の短歌の表現にも影響を及ぼした。あるばあいには短歌の音数律をもった短詩を、〈短歌〉とみなしたことがあったとおもえる。それが海人のいちばん難解な短歌になっているに違いない。「カンナは黄血塩を受胎して大虚に放卵し」こういう修辞をすらすらと読んで、意味やひろい意味性をたどることは誰にも不可能だ。これはたとえば「水銀柱窗にくだけて仔羊ら光を消して星の座をのぼる」という短歌作品をすらすらと読んで、その意味性をたどるのは不可能だというのとおなじだとおもう。使われた漢字の一字、成語のひとつに立ちどまって、ひとつひとつ漢字の形象と意味に沈潜して連想されるイメージをひろげながら読むことでかろうじて意味性の存在理由を納得するという操作をやるよりほかない。わたしの考え方では吉川則比古や吉田一穂のような方法を、漢字の意味や形象とひら仮名の動きと混合して表記される日本語の用法で、こういう詩的イメージのつくり方でやるのは、ほとんど不可能にちかいほど無理なことのようにおもえる。有明や泣菫のような前期の象徴主義者によって開始され、一穂や則比古によって追いつめられていったこの手法に、豊饒な詩的イメージをもとめるのは、もともと無理なことだ。明石海人はそれを短詩でたどっているようにみえる。さすがに短歌的な声調のなかでは成立ちにくいことをよく知っていたに違いないが、晩期の作品で習作した。そして自身がどう思っていたかわからないが、わたしには『白描』の短歌の表現にくらべて未成熟さと未完性が作品を溷濁《こんだく》させているという印象をまぬがれていないとおもえる。

3

明石海人の歌が一方の極限のところで出遇う難解さは、どう考えてみても、過剰な意味づけの出来にくい場所に踏み込んでいるようにおもえる。わたしはべつに海人の短歌はすべて良いと言いたいわけでもないし、後期にいたるほど優れた作品に至りついたと言わなければならない義務を感じるわけでもない。ただもし『白描』、『翳㈠』、『翳㈡』という歌集の順序が、作品年代の順序を大凡語《おおよそ》っているとすれば、海人の短歌がたどっていった迷路にはそれなりの意味が与えられてしかるべきだとは感じる。しかし『翳』の短歌作品をみるかぎり、詩との同位性をみることができるとしても、修辞的な困難だけがとび抜けて際立っているとしかおもえない。大げさにいうとどこかに活路をもとめることはできないかと、しきりに全集のあちこちを眺めかえした。それは詩作と後期の短歌作品とを修辞的に特異なものにしている要素が、どこかで緩和されている表現を求めることと同義になるとおもえる。そしてわたしは散文詩（このばあい現代詩という意味でなく、散文的な表現の仕方で書かれた詩）のなかに明石海人のいちばん安定した感性と理路があらわれていると感じた。かれの散文詩には『白描』の秀作の短歌とおなじ透明さと痛切さが無理なく、また無駄なくあらわれているとおもう。そして駄作とおもえるものは一篇もないといっていい。

誰が死んだのか。知らせの鉦が鳴つてゐる。日が暮れて寒い雨が降つてゐる。こんな日に私も死んでゆくのではないか。乙女達が婚礼の日を思ふやうに、私は死ぬ日の事を考へる。汚れた壁の傍で息をひきとるときも、附添夫が湯灌をする間も、お仕着の浴衣を着せられて解剖室へ運ばれる時にも、柩車に乗つて赤土の切通しを火葬場へ向ふ途中も、この様な雨が寒い音を立て丶ゐるのであらう。葬列には友人の誰彼が「こんな日に死ぬなんて後生の悪い奴だ」と泥濘に吸はれる下駄を気にしたり、やがて短い祈りと讃美歌。それにしても天国などへはゆけさうもないし、いや私に堕ちて行く地獄さへありはしない。　（「凍雨」冒頭の一節）

たったこれだけを引用しても、じぶんについてもじぶんの死についても、よく自己相対化ができていて、ひとかどの詩人としての風格を具えていたといっていいとおもう。

「おふでさき」の世界

天理教教祖中山みきの「おふでさき」は、抑揚から短歌的な世界になっている。逆な言い方をすると、ある種の抑揚を身体の外に声音として放たないで内語に化して口のなかでぶつぶつとあらわすと、ひとつの内的な抑揚になる。この内的な抑揚は音数律からいえば五・七・五・七・七に共通した抑揚といってよい。中山みきの「おふでさき」とよばれている天理教の原典がこの抑揚に固執してやまないことは、つぎのような音読みに固執した歌がたくさんあることからわかる。

日本《にほん》見よ小さい様《よふ》に思《をも》たれど　根《ね》が現《あらは》れば恐《をそ》れいるぞや　（「おふでさき」第三号）

短歌的な音数の抑揚に固執しなければ、意味のうえで「思《をも》たれど」は「思《をも》（ふ）たれど」という六音数になり、「現《あらは》れば」は「現れ（れ）ば」という六音数になるはずだが、いずれのばあいも音数の余りは避けようとされている。わたしたちがこの「おふでさき」を読めば、どうしても短歌的な抑揚のリズムをこわすわけにいかなかったとおもえる。こわせばこの教祖の御託宣はさして意味を持たない内容の戯言に類するものとなってしまうからだ。別の言い方をすれば、この短歌的な抑揚のリズムが固執されていることが、中山みきを教祖とする天理教を新興の神道的な宗教にしている根本だといってよい。

わたしたちが「おふでさき」から盛られた意味だけで天理教の教義を推測しようとすると、つぎのようになる。

人間には人間とはこういうものだという根元があり、その根元が生誕した地上の場所がある。その場所は大和国庄屋敷村の中山みきがはげしく神に憑かれた中山家の屋敷内にはじまる。そこは人間が人間である根本的な根がおかれた場所だ。これの場所に甘露台という斎場をもうけ、ここを根本の地とする。この地で人間は埃《ほこり》を掃除して心を潔《きよ》め、元のほんらいの人間にかえることによって、現実のこの世を安楽な楽土として快適に暮らすことができるようになる。この汚れた世間を楽土とし、陽気な暮しをするために、この甘露台にやってきて、人間が人間である元に目覚めるために、埃を掃除する手踊りや音曲を奏して、じぶんを潔めるようにすべきだ。そうすれば天理王神が助けて幸福な生活ができるようにしてくれる。人間が人間である元の根拠は何であるか、いままで言ってくれるものも、知っているものもいなかった。いまはじめて天理王の神（命）がそれを教えてくれ、人間をみな浄化して陽気暮しをすることを人間にすすめるために「急き込《せこ》」んでおられるのだ。

「おふでさき」には、ざっとこんなことが繰返し託言されている。そしてこれ以上のことは何も言われていないようにおもえる。こんな単純で脱神秘的な託言が宗教の教義でありうるだろうか。

中山みきは大和国山辺郡の庄屋敷村の中山家の主婦で、夫、中山善兵衛の家は棉の仲買いを営む商売をやっている幕末期ごろの地主だった。ふところ手をした豪家の主人で、この一向に家業を顧みない夫にかわって一家をささえ、家事と農事に献身するほかない嫁が、中山みきだった。そして長男の足痛を治すため山伏の加持祈禱をやってもらっているとき、献身的で無智な農家地主の平凡な主婦中山みきは、神憑《かみがか》りにかかって、この中山家に人間の元になる地の集中した場があり、そこを祭り、そこで埃を掃除することで、誰でも元の人間になり、一切の病と不幸を癒すことができるという託宣をのべるようになった。それからじぶんは「神の社《やしろ》」だという自覚した宗教者として振舞うようになる。中山みきがかかげた「神」は「天理王神」とよばれることになった。天保九年のこととされる。

「おふでさき」には格別のことは何も言われていない。だが〈埃を掃除せよ〉とか〈心を澄ませ〉とか〈陽気に振舞え〉とかいうほかに何も言われていないこの中山みきの託宣に否定できない迫力を与えているのは、短歌的音数律に乗ったリズムとメロディの無限旋律だというほかないとおもえる。これは中山みきが繰返し使っている独特の語彙と交響して、いわば無形の拡大された意義を作り上げている。これにもう少し立ち入ってみる。

はじめに長男秀司の足の病気に関連していわれている御託宣を挙げてみる。

これまでの残念なるは何の事　足のちんばが一の残念
この足は病とゆうているけれど　病ではない神の立腹《りいふく》
立腹《りいふく》も一寸《〔ちよと〕》の事ではないほどに　積もり重なり故の事なり
立腹も何故《なにゆへ》なるどゆうならば　悪事が退かん故の事なり
この悪事すきやか退《の》けた事ならば　足のちんばもすきやかとなる

（「おふでさき」第壱号）

長男秀司の足痛というのは病気だというけれど、ほんとは神の立腹のせいだ、その立腹はちょっとの原因ではなく、さまざまのよくない行いがつみ重なった結果だということになる。じつに平凡な無智な農家の主婦らしい託宣だが、ここから天理教教義がはじまっている。それは神憑りが促したといえる〈平凡な農家のおかみさん〉に宿った一種の抽象能力と、こればかりは誰もおよばないほどの信仰の確信があるばかりだった。薄情な言い方をすれば、文法もちゃんとは出来ていないが、そのことはむしろこの宗教歌の風格になっている。

山坂や茨《いばら》ぐろふも崖道も　剣の中も通り抜けたら
未だ見へる火の中もあり淵《ふち》中も　それを越したら細い道あり
細道をだん／＼越せば大道《をふみち》や　これが確かな本道《ほんみち》である
この話他の事でわないほとに　神一条《ぢよ》でこれ我《わ》が事
これからは心確《しいか》り入れかへよ　悪事払ふて若き女房《によほふ》
万代《よろづよ》の世界の事を見晴《みは》らして　心静めて思案してみよ
世界には何事すると言《ゆ》うであろ　人の笑いを神が楽しむ

（「おふでさき」第壱号）

このおかみさんの憑依の抽象性は、息子秀司にたいするお説教や戒めでありながら、じぶんの神憑りの元になった天理王神への帰依のすすめになっている。たとえば最後の引例歌を例にとれば、「世界には何事すると言うであろ」というのは〈世間は何をやっているんだと正気じゃないとおもうかもしれないが〉という意味と〈世間ではあの人たちは何事をしようとしているのかと袖をつつきあうだろう〉という意味とを、途中で折衷したために、こんな表現になってしまった。あまりに話し言葉を書いて表現するのに慣れていないために、こんなことになってしまった。だがこの表現はわたしには嗤《わら》えない。文法的な無智がひとつの風格になっている。なぜそうなるかを信仰的にではなく叙述としていえば、文法の破れが言葉の意味の外部に、メロディとなって付着しているからだとみなすことができる。

これは中山みきの独特の慣用句に盛られた概念と交響しあって、いわばメロディの反復を形づくっている。たとえば「埃《ほこり》」を掃除するという独特の概念がしばしばあらわれる。

何《なに》ゝても神の言《ゆ》う事確《しか》ときけ　屋敷の掃除《そふぢ》でけた事なら
もふ見へる横目振る間ないほどに　夢見た様に埃《ほこり》散るぞや
この埃すきやか払《はろ》た事ならば　後は万《よろづ》の助け一条《ぢよ》
（「おふでさき」第弐号）

こういう中山みきの慣用句のように、度々あらわれる埃を払う掃除という心のきよめをいう比喩は、出あうごとに主婦として半ば強迫観念のように家屋敷のたたみや廊下を、ごしごし拭き掃除したり、柱などを、半ば絶望的な気持ではたき込んでいた姿を思い浮べさせる。単純で幼稚な比喩だが、生活のつみ重なりが染みついていて、けっして口さきだけの綺麗事にならない教義を保証しているようにみえる。

神のいうことに叶うから心の埃を掃除して清らかにせよ。それができたら神はすべてについてその人を助けてくれることはきまっている。この埃を掃除するという概念はもう少しだけ深められる。

世界中胸の内よりこの掃除　神が箒や確《しか》と見でいよ
これからは神が表《をもて》い現れて　山いかゝりて掃除するぞや
一列に神が掃除をするならば　心勇んで陽気尽《つく》めや
（「おふでさき」第三号）

埃を掃除するという概念が比喩として通じるなら、掃除する箒は神だということはしっかりと心にとめなさい。じぶんの心からだけでなく、世間に通用してゆくように心の掃除ということをかんがえてみるなら、高い上の方から神が掃除してくれることになる。そして神が世間のすべての人の心を掃除してくれると、心が生き生きとしてきて、幸せに包まれたようになり、世間はそのまま楽土になってしまうにちがいない。心の埃を掃除するという概念は、善行とみなしても、心の鍛練とみなしても成立つはずだ。だがこれが神への信仰から出るものだと見做《みな》すのは、どんな人にも皆あてはまり、どんな人にもすすめられるものだということだからだ。中山みきの神が生活人の発想をとらえたのは、こういう考え方が生活の具象性を離れないところからきているとおもう。

つぎに神が「急《せ》き込《こ》」んでいるという概念がしばしば強迫神経症的にあらわれる。神が焦慮して、すみやかにじぶんの本意をとげようと懸命で一途《いちず》だということを意味している。これは中山みきが感じていた幕藩制の崩壊期にたいする危機感のあらわれでもあった。

日々《にち〳〵》に神の心の急《せ》き込《こ》みを　皆一列は何と思《をも》てる
何《なに》ゝても病痛《やまいいた》みは更になし　神の急き込み手引きなるそや
急き込みも何故《なにゆへ》なるとゆうならば　勤めの人衆《にんぢう》欲しい事から（「おふでさき」第弐号）

毎日のように神は「急き込」んでいる。病気だとか痛いとか皆が言っていることは、ほんとは神が「急き込」んでいる徴候なのだ。それも神が奉仕してほしい人間をもとめているからだ。じつに平凡なことがいわれているとおもえる。短歌的なリズムとメロディをとっていなかったら、ただ宗派への勧誘があるだけで、何も意味していないにひとしい。ただ短歌的な声調があることは、中山みきの宗派的な政策感を消去させている。このリズムのなかに中山みきの危機感と焦燥だけが乗り移っていると感じさせる。具体的に何を意味するかについてはあいまいだが、どうしても天理王神の信仰が必要なのだという一途さは伝わってくる。ただ具体的なことが暗示されている短歌があることはある。

今の道上《かみ》の儘《まゝ》やと思《をも》ている　心違《ちが》うで神の儘なり
上《かみ》たるは世界中を儘《まゝ》にする　神の残念これを知らんか
これまでは万《よろづ》世界は上《かみ》の儘　もふこれからは文句変るぞ
上《かみ》たるは世界中を我が儘に　思《をも》ているのは心違うで

（「おふでさき」第三号）

ここで、「上《かみ》」はすべての支配者、上に立つものの意味になる。いままでは、この世は支配者の思いのままになるとおもっているが、天理王神があらわれたからはそうはいかない。支配者は世界中を思いのままにできるとおもっているが、ほんとはそのことは「神」が残念におもっていることだ。心得違いをするな。そう託言されている。中山みきは「おふでさき」のなかで、しきりに「唐」と「日本」を分けてみせているが、支配者（「上」）は「唐」が偉いとおもって追従しているがそれは心得ちがいだと短歌的なリズムで説いているから、このばあいの「唐」は「上」が模倣し、追従してきたものの暗喩の意味に解してもいい面がある。中山みきのいう「神」や「日本」はその対照を意味している。

今《いま》、では唐《から》が日本を儘にした　神の残念何としよやら
この先は日本が唐を儘にする　皆一列は承知《しょち》していよ
今、でわ唐は偉いと言うたれど　これから先は折れるはかりや
（「おふでさき」第三号）

上《かみ》たるわ何も知らずに唐人《とふぢん》を　従う心これがをかしい
日々に神の心の急《せ》き込《こ》みは　唐人ころりこれを待つなり
何《なに》、ても神一条を知りたなら　唐《から》に負けそな事はないぞや
だん〳〵と万《よろづ》助けを皆教へ　唐と日本を分けるばかりや
日々に唐と日本を分ける道　神の急き込みこれが一条
（「おふでさき」第四号）

中山みきの頭のなかに何があったのかは、これだけでははっきりわからない。なぜこれほどまでに「唐」と「日本」を分けるのか、また「唐」を「上」にむすびつけ、「日本」を「天理王の神」にむすびつけるのかも、はっきりわからない。ただ中山みきが憑かれた「神」、そしてその「神」への帰依を教義にまで作りあげたいというみきのモチーフだけは

伝わってくる。「おふでさき」は『古今和歌集』にはもうあらわれてくる僧侶の釈教歌に似ているが、僧侶の釈教歌が短歌的（和歌的）な表現の実用化にあたっているとすれば、中山みきの「おふでさき」は農家の主婦がやっている平易な信仰話の短歌的なリズム化にあたっている。啄木の三行の短歌とおなじような、悲しい玩具にあたるものだが、それが信仰心の玩具になって、次から次にほとばしっている感じだといってよい。たとえば法然のような偉大な宗教家でも、短歌的な声調から芸術を殺して実用化してみせたつまらない釈教歌がある。

極楽へつとめて早く出で立たば身のをはりには参り着きなん（『夫木和歌抄』）
池の水人のこころに似たりけり濁り澄むこと定無ければ（『続後拾遺集』）

中山みきの「おふでさき」は、はじめから話し言葉で言えばいえることを、短歌的リズムとメロディを強いてとることが宗教化にしている必然の形といっていいものだ。中山みきが信仰心をどうあらわせばいいとおもっていたか。それなくしては宗教になっても教団にはならない。

勤めても初《はじめ》手踊りまた神楽　一寸《ちよと》の細道つけてあれども

だん〱と草が茂《しこ》りて道知れす　早く本道つける模様を
真実にこの本道がついたなら　末は頼もし陽気尽《づく》めや　（「おふでさき」第四号）

じぶんが細い道ならつけているはずだが、人が通らなければ道は草茫々で消えてしまう。信仰の人たちは手踊りや神楽を人の元の地場である場所（甘露台）で演じて、神の本道をつくるようにすれば、この世は陽気に充ちた楽土になるだろう。しかしながらわたしが見た天理王の神が知られるまでは、この世界の真はなにか、この人間のほんとの姿は何か、どうしたら埃を払ってそれに到達したらいいのか、知らせてくれるものはなかった。

真実の神の働きしかけたら　世界一列心澄みきる
だん〱と此の世始めて日は経《た》てど　誰か真実知りた者なし
この世《よふ》の真実根《ねへ》の掘り方を　知りたる者は更にないので
この根《ねへ》を真実掘りた事ならば　真事頼《まことたのも》し道になるのに
この道を掘り切り通り抜けたなら　上下《かみしも》ともに心勇むに
何もかも世界中《せかいぢう》へ教へたい　神の思惑深くあるのに　（「おふでさき」第五号）

心の埃を掃除して人間はもともとどうなのかがみえてきて、世界中の皆が心を澄ませたら、この世は愉《たの》しい楽土になるという簡単な中山みきの御託宣をもとに、手踊りや神楽《かぐら》やふき掃除を持ち寄って贈る無形の無尽講のようなイメージがわく。この無尽講にもひとつの神話が規約のように造成されている。

いざなぎといざなみいとを引き寄せて　人間始め守護《しゆご》教《をし》ゑた
この元は泥海中《どろうみなか》に魚《うを》と巳《み》と　それ引き出して夫婦始めた
この世の元始まりは泥の海　その中よりも泥鰌《どぢよ》ばかりや
その内に魚と巳《みい》とが混り居る　よく見澄ませば人間の顔
それを見て思いついたは真実の　月日の心ばかりなるそや
この者に道具を寄せてたん〳〵と　守護《しゆこふ》教ゑた事であるなら
この道具くにさづちいと月よみと　これ身の内ゑ仕込みたるなら
くもよみとかしこねへとをふとのべ　たいしよく天と寄せた事なら
人間を始めかけたは魚と巳《み》と　これ苗代と種に始めて
（「おふでさき」第六号）

中山みきの造成した天地初発の神話には、まだ細かいことがつづくが、これくらいでいいとおもう。民話的な滑稽さ、エロティシズム、通俗性ととぼけた味をもっている。また湿地と盆地、湖のあとに水田がつくられた大和盆地の土地柄の特徴が無意識のうちに描きだされている。泥水のなかの泥鰌《どじょう》と蛇が、人間の男女の象徴となっているユーモアは民話的な味わいを出している。何となく天皇家が造成した生真面目で荘厳化された神話よりもほんとうらしく映り、農家の主婦の無意識が造りあげた神話というにふさわしい。「くにさづち」は大山津見と野椎《のづち》の神の生んだ子、「くもよみ」は雲読み、「かしこね」は訶志古泥をあらわしているとうけとれる。どこかに天皇中心神話との混合が語られている。中山みきの神話はじぶんの屋敷からはじまる。そして屋敷内に甘露台と名づけた元の場がおかれる。

勤めでも何《ど》ふゆう勤めするならば　甘露台の勤め一条
この台を何《ど》ふゆう事に思うかな　これ日本の親であるぞや
（「おふでさき」第拾号）
この世《よふ》の始まり出しは大和にて　山辺郡《やまべこふり》の庄屋敷《しよやしき》なり
その内《うち》に中山氏《なかやまうぢ》とゆう屋敷　人間始め道具見へるで
この道具いざなぎいゝといざなみと　くにさづちいと月よみとなり
（「おふでさき」第拾壱号）

ここで中山みきがはじめて憑依した場所が人間と世界の元であるという天理教義の固有の、制度にならない中心ができあがる。これに宗教儀礼の形式がととのえられれば、教団になるのだが、この教団は共同体としての性格をもたないで、あくまでも手踊りや神楽を介して埃を掃除する個人の集合というイメージをあたえる。

甘露台という命名も、道具という言葉の独特の意味も、またしばしばあらわれる「一列」（御一統とか皆の衆とかいう意味の呼び方）という言葉への偏執など、あくまでも短歌的な音数律の固執と一緒に、中山みきの託言の世界の特徴になっている。この短歌的な音数への固執をやめれば中山みきの信仰の世界は崩壊してしまう。また浄土教のような民衆的な宗教がしばしばやっている短歌形式の教訓歌とはまるでちがう。こういう教訓歌や道歌は、短歌の芸術を削り落して功利的なべからず集にしただけで、中山みきのように宗教的な憑依の必然が短歌的な音数律とリズムとメロディになったものと、本質的に異なっている。

引用歌　中山みき 村上重良校注『みかぐらうた・おふでさき』（東洋文庫）

仮名遣いはすべて原典のままに従った。

「おふでさき」の解体

1

天理教祖中山みきの「おふでさき」の世界のこわれ方を、いちばんよく象徴しているのは、大本教の出口ナオの「大本神諭」の世界だとおもえる。もとより民間宗教として天理教と大本教が系譜を一列にしているわけではない。出口ナオの託言では「天理・金光・黒住・妙霊」などの新宗教はじぶんの憑依した「艮《うしとら》の金神《こんじん》」の出現によって止揚されるべき「先走り（さきがけという意味）」の宗教だという位置づけになっている。だがわたしたちが託言を文体からみてゆけば、「おふでさき」にあった短歌的音数のリズムと文法的な異和からくるリズムとメロディの放出は「大本神諭」では解体される過程としての散文化をうけている。「おふでさき」では「ほこり（埃）」を「掃除する」という概念にしても芸術的な内在性の暗喩があって、人間の心の「ほこり」を「掃除」して潔めるという意味が強くのこっていた。しかし「大本神諭」の世界ではそういう心のもち方についての託言の意味は、ほとんど背後に隠されてしまい、社会的な経綸、政治的な経綸としての世直し、「大洗濯」や「大掃除」をする治世の意味が前面におしだされる。

第一輯

〇　明治二十五年旧正月……日

三ぜん世界一度に開く梅の花、艮《うしとら》の金神の世に成りたぞよ。梅で開いて松で治める、神国の世になりたぞよ。日本は神道、神が構はな行けぬ国であるぞよ。外国は獣類《けもの》の世、強いもの勝ちの、悪魔ばかりの国であるぞよ。日本も獣の世になりて居るぞよ。外国人にばかされて、尻の毛まで抜かれて居りても、未だ眼が覚めん暗がりの世になりて居るぞよ。是では、国は立ちては行かんから、神が表に現はれて、三千世界の立替へ立直しを致すぞよ。用意を成されよ。この世は全然《さつぱり》、新《さら》つの世に替へて了ふぞよ。三千世界の大洗濯、大掃除を致して、天下泰平に世を治めて、万古末代続く神国の世に致すぞよ。神の申した事は、一分一厘違はんぞよ、毛筋の横巾《よこはば》ほども間違いは無いぞよ。これが違ふたら、神は此の世に居らんぞよ

（出口ナオ『大本神諭』天の巻より）

これをみればよくわかるが、個々の人間の心のなかの「大洗濯」とか「大掃除」とか「おふでさき」の世界にはあった個の内的な浄化の概念がここには乏しく、いわば国家神道のような経綸宗教の「立替へ」や「立直し」の色彩が全面的に託宣をおおっている。つまりは「おふでさき」の世界にあった救済宗教らしさはここにはなくなって、宗教が国家に転化する契機ばかりが生きている。また「おふでさき」の世界にはあった「陽気くらし」といった生活感に根ざしたリアリティはない。それにもかかわらず「おふでさき」に託言されている中山みきの憑依状態とそっくりおなじ体験が散文化されて記されている。

艮《うしとら》の金神の筆先であるぞよ。出口直《なお》に書した筆先であるぞよ。何鹿郡《いかるが》綾部本宮坪の内の出口直の屋敷は、神に因縁のある屋敷であるから、此屋敷に大地の金神様の御宮を建てるぞよ。

（『大本神諭』第一輯より）

これは中山みきがじぶんの屋敷内の憑依した場所を甘露台と名づけて、人間の元のすがたがあらわれた地場のあつまるところとしたのと、すこしもかわらない。だが託宣の重点は中山みきの天理教とちがって「綾部は世の本の太古から、神の経綸《しぐみ》の致してある結構な処」と宣明されていて、国家救済の色彩に変っている。もう少し教義的な託言の内容に立入ってみる。出口ナオのいう「艮の金神」というのは『古事記』や『日本書紀』のいう国《くにの》常立尊《とこたちのみこと》を意味する地神だということになっている。この国常立尊は三千年来の経綸をもっていて、それは「根本の世」の「立替立直し」を本意としている。そしてこの本意は出口ナオの託宣では梅の花の開花ということで象徴される。中山みきの託言では病気は人間が本来汚れているのを神意が不服におもうから起るのだということになるが、出口ナオの大本教義では病気は自体のことではなく、「外国の悪の霊魂に汚されて」肉体までが病魔の容器になってしまって、元の大神を傷つけているから起るので、大本教は病気を治癒させることを本意としていないことを言うのに「此の大本は医者や按摩の真似は為」ないと述べている。もちろんこれは天理教義にたいする批判のつもりで言われている。そして世の立替というような大きな仕事は出口ナオでなければできない。そしてこういう大きな使命を果すために昔から生れ代り、死に代って、苦労してきた「変性男子」の身魂が出口ナオであるというように託言される。

ここで天理教と大本教は大きく分岐してしまう。天理教の「おふでさき」が天皇制的な国家秩序にさし障るとしても「上」に立つものが神の浄化を受け入れなくなったから、この世の人は埃がたまって汚れてしまっているという点に重点がおかれるだけだが、大本教義は世の立て替えを本義とすることを真正面から主張する経綸宗教（国家宗教）をうち出しているために、天皇系の神道をもとにする宗教国家の秩序と真正面から衝突することになる。これは裁判ではさまざまな弁明の抜け道がかんがえられたとしても根本的には動かないところだといえよう。

もう一つ言えることは、大本教は明治三十七、八年の日露戦役に遭遇して「今度の戦争は人民同士の戦争ではないぞよ。国と国、神と神との大戦争であるから、海外《むかう》の国の策戦計画《しぐみ》は日本の人民では誰も能《よ》う為《せ》ん仕組であれど、世の本の生神には敵はんぞよ」という情況からくる認識を加えていった。また上田喜三郎（出口王仁三郎）を、国武彦命《くにたけひこのみこと》のあらわれの変性女子として教義のなかにひき入れることが行われた。その根拠づけは出口ナオの託言にのせたが、それは教義の全き解体で、託宣というよりも人為的な作意にひとしいものになったといっていい。

三ぜん世界一度に開く梅の花、艮の金神の世に成りたぞよ。梅で開いて松で治める、神国の世になりたぞよ。（明治二十五年旧正月……日）

天も地も世界中一つに丸め、桝懸《ますかけ》ひいた如く、誰一人つつぼには落さぬぞよ。種薪きて苗が立ちたら出て行くぞよ。苅込みになりたら、手柄をさして元へ戻すぞよ。元の種、吟味致すは、今度の事ぞよ。胤《たね》が宜《よ》ければ、何《ど》んな事でも出来るぞよ。
（明治三十七年旧八月十日）

「大本神諭」のなかに、わずかにリズムとメロディがのこっているのは、これくらいで寥々《りょうりょう》としている。前半はたぶん小唄のたぐいのリズム。後半は旋頭歌《せどうか》ふうのリズム。「梅の花」はたぶん強く清浄なものの暗喩で「松」は永続するものの暗喩とおもえる。艮の金神の体現者である出口ナオが出現して一度に世の立替え・洗濯ができてそれが永続することを言おうとしている。何遍もおなじことが繰返されているから、こういう暗喩は必要がないはずだが、あまりに現実的で具体的な出口ナオの託言が、稀に開いた感覚になったとき、この種の表現がうみだされている。後半もまた手落ちのない救済が成り立つことを象徴的にあらわす場面ででてきた言葉だとみられる。これらのリズムの残渣《ざんさ》は大本教義になお個人の内在的な精神の救済の概念がのこっていることを、わずかに暗示するものになっている。

2

中山みき「おふでさき」の短歌的な音数律とそれにともなう彼女の内心のリズムとメロディの解体は、出口ナオ「大本神諭」の散文調で仕遂げられている。系譜としてというよりも表現的にそう言うことができる。そしてわたしの考え方では、これは天理教義には主調音だった個々の人間の内面の救済が、大本教義では経綸宗教（国家宗教）を主調音としているものに変貌していることと深くつながっている。リズムとメロディはおなじ言葉としておなじ意味をもっていても、個人に属し、それだから文学に属する。だが言葉の意味は規範がなくしては成り立たないということでは、制度や経綸に属する。むろん大本教もまた宗教であるかぎり、リズムやメロディの個別性をまったく失うわけにはいかない。それはさきに挙げたように「梅」の開花とか「松」の永続とかの暗喩や旋頭歌様の音数律の乱れによって、わずかに象徴されているとみられる。わたしは見ていないが出口ナオには短歌的な音数の表現も少しだがあるといわれている。もしあったとしても「おふでさき」のもつ必然さはなく、釈教歌に似ているのではないかとおもえる。

「おふでさき」の短歌的な音数律や内心のリズムとメロディの解体は「大本神諭」における散文化の領域にとどまらなかった。わたしたちはほぼ同時期(幕藩体制の崩壊期)の金光教などでは、この散文化が物語的な性格をもったフィクションの表現にまで入りこんでいるのをみる。いいかえれば散文化が極限においてフィクション化する徴候をみせているといいうる。たとえば「金光大神覚《こんこうたいしんおぼえ》」は、ほとんど全部がそうだといえるが、任意の箇所を挙げてみる。

「天照皇太神様、戌《(いぬ)》の歳氏子、私に被レ下候《(くだされそうらえ)》〈このわたくしは金乃神様事《(こと)》〉」。「へい〔平〕、あげましょう〔正〕」と申《もふ》され。「戌《(いぬの)》年、金神が其方貰《も(ろう)》〔郎〕たから、金神の一乃《(いちの)》弟《で》子に貰《もら》うぞ〔正〕」と仰《(おお)》〔応〕せられ。「金神様、『戌《(いぬの)》年を上《あ》げましょう〔正〕』とは申《(もうし)》たれども、えい〔永〕上《あ》げません。戌《(いぬの)》年の様〔用〕な氏子は、他〔外〕にござ〔社〕りませぬ」。「それでも、一旦《い(つ)たん》やろうと言《(ゆう)》〔勇〕てから、やらんとは偽《いつわ》り、ぜひもらいます。惜《を》しければ、戊《(いぬの)》年の代《かわ》りに、悴巳《(みの)》年成〔清〕長 仕《(つかまつり)》御広前 参《(まいら)》させまするから下《くだ》され」。「さよう〔用〕被《(おおせられ)》レ仰ますれば上《あ》げましょう〔正〕」。「下《くだ》されれば安心《あんしん》 仕《(つかまつり)》候」。「戊の年、母、家内一同え申渡し《(す)》。一乃弟《で》子にもらうと言《(ゆう)》〔勇〕ても、よそえ連《つ》れて行《(いく)》〔幾〕のじゃ〔社〕ない。此方で金神が教《おす》へするのじゃ〔社〕。何《なん》にも心《(しん)》〔新〕配《ぱい》なし」。

（「金光大神覚」安政五年戊午九月二十三日より）

金光教の神、金乃神が「天照皇大神様、戊《いぬ》の歳生れの氏子（金光教祖川手文治郎のこと。後に金光大神を名告《なの》る）を私に下しおかれたい」というと「はい、あげましょう」と返事をされた。金乃神は「戊年生れの文治郎よ、金乃神たる私がお前をもらいうけたのだから、おまえを金乃神の一番弟子にもらうぞ」と私（文治郎）に言われた。天照皇大神が「金乃神よ、戊年生れの文治郎をあげようとは言ったけれど、ほんとはあげません。戊年生れの文治郎のような立派な氏子は、ほかにいませんから」と言われた。金乃神様は天照皇大神様に「それでも、いったんやろうと言われてから、やらんと仰せなのは偽りです。ぜひもらいます。惜しければ、戊年生れの文治郎の代りに悴《せがれ》の巳の年生れの子が成長しましたら、御広前に参上させるようにしますから、文治郎は下さい」と言われた。天照皇大神様は「そうまで仰せならば上げましょう」と承知された。金乃神様は「文治郎を下さるのでしたら安心いたしました」と言われた。金乃神様は「戌年生れの文治郎、その母、家内一同に申渡す。一番弟子にもらい受けると言っても、よその場所へ連れて行くわけではない。この場所で金乃神が教えひろめるだけだ。何も心配することはない」とおっしゃった。

これは農夫文治郎が金乃神（道教系の土俗神）に憑依して、じぶんで金光大神と名告り、金光教を開くことになった由緒を物語っている一節だ。わたしたちが読むだけなら、これは天照大神と土俗の金乃神が話し合いをつけて、金光教祖が出来上る由緒を物語ったフィクションのようにおもえる。だが金光教という宗教が、金光大神を名告る文治郎が、この種のフィクションとおもえる託言を、身上相談や病気相談にやってくる近隣の村人たちに、その都度託宣して悩みを除いたり、病気を治癒させたりする実績だけで成り立っているとも言えるから、適中率の高いフィクションとも、託言とも言うことができる。また物語とも実話の予言とも見ることができる。ただこの金光大神文治郎の覚え書きまでくれば、中山みきの「おふでさき」にあった短歌的な声調は全く解体し、予兆の言葉が予兆である理由でフィクションの物語を成り立たせていると言ってよかった。この金光大神文治郎の覚え書きをみるかぎり、金光教は個々人の精神救済でもなく、経綸宗教でもない。個人に則して生活の指針を予言し、病気を実際に治癒させるという意味では、個人救済の宗教と言えるだろうが、あくまでも個々人の生活環境の変改による現実的な救済を意味していた。だが言葉の表現上からみれば、詩歌の声調をまったく払拭することで、人間には全き外在の物語が成立しうることを示した特異な宗教だったといえる。生活を宗教らしく意味づけようとはしないが、生活そのものが意味になった宗教だといえる原型がここにあった。

資料　出口ナオ『大本神諭』天の巻（東洋文庫）
　　　金光大神『金光大神覚』（東洋文庫）（何れも村上重良校注）

賢治の短歌

1

賢治の短歌を宗教への萌芽とみなす、という仮説を作るとすればどんなことになるか？これが中山みきをはじめとする新興宗教の教祖たちの短歌的なリズムをめぐるさまざまな姿をみてきたあと、その延長にやってくる問題意識だといえる。詩人がその初期、十代に短歌を手習いしていたという意味でならば、わたし自身もかつて少し触れて書いたことがあるし、またさまざまな歌人もやっている。また賢治の詩的な営みの最後にやってくる極限の短歌「祭日」については、わたし自身も触れたことがあるし、岡井隆の優れた作業もある。

アナロナビクナビ睡たく桐咲きて
峡に瘧《おこり》のやまひつたはる
ナビクナビアリナリ赤き幡もちて
草の峠を越ゆる母たち

ナリトナリアナロ御堂のうすあかり
毘沙門像に味噌たてまつる

アナロナビクナビ踏まるゝ天《あま》の邪鬼《じやく》
四方《よも》につゝどり鳴きどよむなり
(文語詩「祭日〔二〕」全篇)

お経の唱声のようなゆるぎない声調と、法華経の呪言の梵語《ぼんご》の和読みが上句で意味がわからないのに声調そのものが意味になっている見事さは、賢治短歌の最後の最高の姿になっている。これが賢治の法華経信仰が短歌的なリズムと宗教的な呪言のリズムの意味化になっているとみれば、賢治の短歌の極限をなす作品だといえよう。これを詩とみるか、あるいは中山みきの「おふでさき」とおなじような宗教的な立言のリズム化としてみるかは、それぞれの自由な視点に属している。賢治の短歌はここまで行ったのだというふうに論じたくはない。この短歌作品は傑作だといえるが、賢治にとってはふとして連作された手すさびのようなもので、かれのポエジーは文語詩に中心を移していたとみられるのだ。初期の短歌の延長線上にあるのは文語詩で、初期の短歌にあらわれた賢治の宗教性のもつリズムやメロディは心象スケッチの自然への融けこみの深さに昇華されていった。もし初期の短歌のもつリズムとメロディの宗教性の蘇えりをいうのなら文語詩を正面から取上げなければならないとおもえる。この移り行きの確かな軌跡にくらべれば「祭日〔二〕」の短歌はふと表出された手すさびといっていいとおもえる。

2

短歌における賢治の宗教性の萌芽は、いくつかに分類される。

（以下「歌稿B」より。一字アキは改行の位置を示す）

這ひ松の雲につらなる山上の　平にそらよいま白みゆく
いたゞきのつめたき風に身はすべて　剖《わか》れはつるもかなしくはあらじ
とろとろと甘き火をたきまよなかの　み山の谷にひとりうたひぬ
そら耳かいと爽やかに金鈴の　ひびきを聞きぬ　しぐれする山

うしろよりにらむものありうしろよりわれらをにらむ青きものあり
鳥さへも　いまは啼かねば　ちばしれる　かの一つ目はそらを去りしか
岩つばめ　むくろにつどひ啼くらんか　大岩壁を　わが落ち行かば
わがあたま　ときどきわれに　ことなれる　つめたき天を見することあり

これらは思春期の、ふとかすめることが誰にもありうる異常心理の瞬間をうたったり、故意に夜中に単独で山歩きや谷歩きをしてみた体験をうたっている。ただそれだけだといえばその通りだが、賢治はこういう体験心理を瞬間的な心理状態とするところから引き返さないで、じぶんの心理的常態とするまで、いわば前方にむかって突きすすんでいった。これは心象スケッチの詩の根底にいつもあった心理の布石だといえる。

東には紫磨金色の薬師仏　そらのやまひにあらはれ給ふ
なつかしき　地球はいづこ　いまははや　ふせど仰げどありかもわかず
そらに居て　みどりのほのほかなしむと　地球の人のしるやしらずや
なにのために　ものをくふらん　そらは熱病　馬はほふられわれは脳病
目は紅く　関折多き動物が　藻のごとく群れて脳をはねあるく
ものはみな　さかだちをせよ　そらはかく　曇りてわれの脳はいためる

これは瞬間にやってきては消えてゆく異常心理を、病的な状態として定着させようとした例だ。これが賢治のなかでどう処理されてゆくかは、かれの宗教性の作り上げ方と深くかかわっている。

3

賢治の短歌にあらわれた形のない悩み、異常心理やどこにも方途がみつけられないようにみえる心理の袋小路や迷路は、どうなってゆくのだろうか。それは宗教性とすぐに呼べないとしても、短歌的な声調としては心理的な状態を事物によって比喩的に表出する常道を転倒させて、むしろ事物の描写によって心理の状態を比喩するところに移っていった。もっと極端なばあいには、事物の状態の方が主体にとって代ってゆき、その極限のところでは事物が擬人化されて、あたかも人間のように振舞う世界があらわれてくる。

北上は　雲のなかよりながれ来て　この熔岩の台地をめぐる
双子座の　あはきひかりは　またわれに　告げて顫《ふる》ひぬ　水いろのうれひ
笹燃ゆる音は鳴り来る　かなしみをやめよと　野火の音は鳴りくる

一見するとこれらの短歌は、客観的な写実の描写のようにおもえるかもしれないが、賢治の短歌の表出の転移の仕方をたどるとそうではないとおもえる。一首目は、北上川が生きもののような意志をもって熔岩の台地をめぐりに行くのだ。二首目は双子座の星の淡い光が、じぶんに水いろをした愁いを告げるので、これは比喩として愁いを告げているようにおもえるということではない。三首目は笹の葉が燃えているときの音が、かなしみをやめよと鳴っているので、笹の燃える音がかなしみをやめよと言うかのように鳴りひびいているのではない。これは賢治の短歌の最初の転調の大切な特徴だといえる。どうしてかといえば、事物である主体はさらに短歌的な声調のなかでせり上ってきて、生き物は人間化してゆくからだ。

風きたり　高鳴るものはやまならし　またはこやなぎ　さとりのねがひ
黒雲を　ちぎりて土にた、きつけ　このかなしみの　かもめ　落せよ
岩手やま　やけ石原に鐘なりて　片脚あげて立てるものあり
この暮は　土星のひかりつねならず　みだれごころをあはれむらしも

風が吹いてきて、山を高鳴らし、はこやなぎを揺り、おわりに悟りの願いを述べたと言っている。「さとりのねがひ」というのを賢治の主観への転調と読むべきでないとおもえ

る。空の黒雲をちぎって地面にたたきつけ、かなしいかもめを落下させてしまうのは何なのかといえば、短歌的な表現の内部には不在の〈風〉なのだとおもえる。これは主体が作者に直接するとともに主体が不在の〈風〉で、奇妙な表現と言えばいえる。最後は本来的にいえば作者に直接している主観的なこころの状態が乱れているから土星のひかりが普段とちがって見えるというべきところが、逆になっている。そう読まれるべきとおもえる。

コバルトのなやみよどめる　その底に　加里の火　ひとつ　白み燃えたる
黝くして　感覚にぶき　この岩は　夏のやすみの夕霧を吸ふ
愚かなる　流紋岩の丘に立ち　けふも暮れたり　くもはるばると

賢治の短歌的な声調を宗教性としてみようとするとき、これらの短歌作品はあまり上手でないレトリックだけの作品とみるべきでないことがわかる。一首目はたぶん焔色反応の作品でコバルトの焔色がなやみをかかえているという無機物の擬人化なのだとおもえる。そして二首目は岩が擬人化されてにぶい感覚の持主になっている。また三首目は流紋岩は愚かな人そのものなのだと言っていい。

4

大正五年からの作品は、もう一つ最後の転調を体験する。

けむり立ち　汽車は着くらし　体操の教師　剣抜き　ねむ花咲けり
鉄砲をかつぎて　渠ら繞り行く　停車場みちの　赤ねむの花
七月の森のしづまを　月いろの　わくらばみちにみだれふりしく
ここに立ちて誰か惑はん　これはこれ岩頸なせる石英安山岩《デーサイト》なり
ふとそらの　しろきひたひにひらめきて　青筋すぎぬ　大沢坂峠
さわやかに　半月かゝる　薄明の　秩父の峡のかへりみちかな

おおよそ半数はこの類型にはいる作品だといえる。この種の作品の特徴はすぐにいくつか挙げることができる。

一つはすでに音数律は形骸のようにありながら、短歌的な声調を喪いつつあるということだ。起承と転結のリズムとメロディが交響して韻と音とが定型の物語として完結することをやめてしまっている。誇張していえば五と七の音数が無限のむこうからやってきて、眼のまえを通り抜けてまた無限のむこうに去ってしまうのを、短歌の音数で切りとっているという感じだ。そして同時に言葉としての意味内容に何の文学物語もなくなっている。第一首、煙をあげて汽車が着いたらしい。体操の教師が刀を抜いて振りまわしている。ねむの花が咲いている。この点景を統御するだけの短歌特有の呼吸がない。そういう言い方をすれば韻と音の両方から短歌は解体している。第二首目、鉄砲を担いだ教練の生徒たちが曲ってゆく停車場通りの路に赤いねむの花が咲いているという光景があるが、茂吉のいうような生命を写すという意味の短歌的写生は成立していない。これは三首目でもおなじだ。七月の森のしずかな茂りのなかで、蝕まれた葉だけが乱れて落ちているというだけの写実にはちがいないが、それに生命を与える短歌的声調はない。第四首目も「ここに立ちて誰か惑はん」という上句にあたるものと、岩頸の形になっている「石英安山岩なり」ということとに、喩の連結も、言葉の意味としての連結もない。そして第五首目は大沢坂峠をひたすら擬人化して、大空をひろい額としてみれば大沢坂峠はその額に青筋が立っているようなものだと言っているだけだ。ただ注目すべきことはある。これは峠と風景の全体を擬人化したつまらない思いつきだと言いたいところだが、凹凸をつけた立体的な地図を上から見ているような峠のせまい緑の起伏の線をイメージとして思い浮べることができる。この風景への視線は並の眼の高さではない。最後の一首も、ただ半月のかかった明け方の秩父の峡の光景を帰り道で見たと言っているのだが、「かへりみち」ということにどんな過剰な意味もつけられないから、ただありのままの光景を起承も転結もなく描いてみせたというほかない。

しかしながら、この短歌的な声調の解体の過程を、ひとたび賢治の宗教性の深まりと解したらどうなるだろうか。道は二つしかない。ひとつは賢治が詩（現代詩）と呼ばずに「心象スケッチ」と呼んだ風景との交歓を深めるという道だ。もうひとつは文語詩と呼んだ詩的な声調を回復する道だ。そうすると「心象スケッチ」と「文語詩」とは詩そのものが深まりゆく宗教性そのものという理解が成り立つ。さしあたって、それは結果からみたこじつけだと思われても一向かまわないことにしておくが、これは賢治の初期短歌を詩的営みの初源と見立てたばあいのひとつの解釈線だとおもえる。

中也と道造の短歌

1

中原中也と立原道造は、昭和十年（一九三五）前後の時期の現代詩を代表する詩人だ。この詩人たちは、たぶん古典としてゆるぎない声価をもっている。その根拠はすぐに共通して幾つか挙げられる。ひとつは二詩人とも広い意味での自然詩人だということだ。そしてこのばあいの自然詩人というのは、草花や天然の現象を主題にした詩を書いた（書いたにはちがいないが）というよりも、自然を対象とするときに詩的凝縮を獲取したと言ってもいいし、詩的凝縮を遂げるモチーフで自然に向ったと言ってもいい。主題が自然であったという意味は従属的でしかない。もうひとつの根拠は二詩人とも「私」小説という概念とおなじ意味で「私」詩人だったということだ。このばあいも私生活を主題としたというのは従属的な意味しかない。私感覚の探りあてる範囲を詩的凝縮のモチーフとしたという意味になる。この二詩人の相違点もまた、とても著しいと言える。その第一に挙げられるのは、中原中也の詩は生活感情の流れと生活感覚にまつわる感受性の濃度が格段に濃いことだ。第二に立原道造の詩を主体にして言えば、生活感覚や生活感情の流れは中也に比べて稀薄だが、自然にたいする感覚と感情の流れを、心理の微細な揺れにまでもってゆく繊細さがある。二詩人のこの共通点と相違とのあいだに、双方の初期の短歌作品があるといえる。

珍しき小春日和よ縁に出て爪を摘むなり味気なき我
籠見れば炭たゞ一つ残るあり冬の夜更の心寂しも
友食へば嫌ひなものも食ひたくて食うてみるなり懶き日曜
森に入る雪の細路に陽はさして今日は朝から行く人もなし
二本のレール遠くに消ゆる其の辺陽炎淋しくたちてある哉　（中也「末黒野」温泉集）

これは中也が短歌のリズムの抑揚を比較的意識して作った作品のうちから取りだした。何が問題となりうるかといえば、どうしても短歌的な声調になりきれないところだとおもう。たとえば第一首目をとってみる。たまたま珍らしく晴れた秋の日和にさそわれて、縁側に出て爪をきっている。それは若者のふとした生活感情の流れをつくっている。だがポエジーを形成するには、何か別の素材の要素が加わらねばならないとおもえる。そこまででは色合いがポエジーにたいして〈中性〉だからだ。これは散文についてもいえる。いい散文の一節になるためにはおなじように何か素材の要素が加わらねばならないとおもえる。わたしはすぐに漱石の『門』の書き出しのところを思い起こした。主人公宗助は縁側にでて秋日和を浴びて雑誌を読んでいる。細君のお米《よね》は障子の内側で針仕事をしている。この構図をいい散文にするために、もうひとつの素材の要素を加えている。それは宗助が肱枕《ひじまくら》でごろりと横になった姿勢でお米に「近来《きんらい》」の「近」の字はどう書いたっけと聞くところだ。お米は「近江《おうみ》のおうの字じゃなくって」と答える。その「おうの字」が分らないのだという宗助に、お米は物指の先で縁側に「近」の字を書いてみせる。これがいい散文にしている別の素材の要素を加えた個所だ。なぜかといえば、宗助とお米の光景の構図が、この要素を加えることで活字を読みなれた者が、誰でもふとその漢字がその漢字であることが疑わしくなることがある瞬間の、心理的な構図を日常の主婦の仕事に慣れた細君との問答の構図に変化させているからだ。なぜこれがいい散文の要素かといえば、この要素を加えることで、散文の別な動きが始まるからだ。中也の短歌「珍しき小春日和よ縁に出て爪を摘むなり」という上句の意味が動くためには下句の七・七あるいはこのばあいのように終句の七が、別の素材の要素を加えなくてはならないはずだ。だが中也は終句の七で上句の全般の解説を企てているとしかおもえない。これは引用の第二首目でも、三首目でもおなじだ。どうしてだろうか。初期のころの未熟な歌だからポエジーにまで寄せきれなかったのだという答えが、専門歌人からすぐかえってきそうな気がする。だが未熟ととらずに資質的な特色ととらえればどういう解釈になるだろうか。わたしは中也の生活感情の直接性ともいうべきものが下句または終句になっているのだとおもう。「味気なき我」「心寂しも」「懶き日曜」「今日は朝から行く人もなし」「陽炎淋しくたちてある哉」。中也が言いたかったことは直接にはこういう生活感情のひと齣《こま》で、これは必ずしも短歌形式を必要としていない。自由な散文にちかい詩形式で自由に直接の情感をぶつけてゆけばいい。この欲求をたどれば遥かに中也の抒情詩の世界につながってゆく。

細き山路通りかゝれるこの我をよけてひとことといふ爺もあり
枯草に寝て思ふまゝ息をせり秋空高く山紅かりき
冬の夜一人ゐる間の淋しさよ銀の時計のいやに光るも
汽車の窓幼き時に遊びたる饒津《にぎつ》神社の遠くなりゆく
この朝を竹伐りてあり百姓の霧の中よりほんのりみゆる
（「末黒野」温泉集）

これらの短歌はもう一つの中也の傾向性を象徴している。たぶんかれはこれらの作品でつとめて写実的であることを短歌的であると決定しようと試みた。しかしどうしても茂吉のいわゆる写生的な短歌にはならなかった。かれの生活感情が輪廓をはっきりともつことができなかったから、形象の固定が不可能だった。また三十一文字にしているのだが、それぞれの音数は起承も転結も構成できなかった。

たとえば第一首目は、

細い山路を通りかかると
　すれちがった老爺は、すれちがいざま
路をよけてくれながら
　ひと言、言葉をかけてくれた

そう叙述しているだけだ。これはどう考えても、先の引用歌とは違った意味で短歌にはならない。だがしかし詩の一行または数行にはなりうるものだ。いくら幼稚にみえても、中原中也の優れた詩は、修辞的にはこれ以上の形象もこれ以上の輪廓ももっていない。かれの天才的な詩の感銘がやってくる個所は、修辞の一貫した性格などにはない。曰《い》わく言い難いのだが、生活感情の深さが形象性も叙情性もあいまいなようにおもえるその修辞の不意打ちの表現に、肉付きの面のように喰い込んでいるところからくるとおもえる。わたしたちはこの肉付きの面の深さや強固さが、どうすれば言葉に喰い込んで離れないのか、またどんな詩的な修練がそれをもたらすかを、解明することができない。おぼろ気ながら、かれの修辞が洋風でありながら、わたしたちがまだ気付いていない日本語の伝統的な無意識の力を借りているに相違ないと言えるだけだ。

吹雪夜の身をきる風を吹けとごと汽車は鳴りけり旅心わく
犀川の冬の流れを清二郎も泣いてきゝしか僕の如くに
一段と高きところより凡人の愛みて嗤ふ我が悪魔心
猫をいだきや、にひさしく撫でやりぬすべての自信萎びゆきし日
暗の中に銀色の目せる幻の少女あるごとし冬の夜目開けば
（「未刊詩篇」）

タタミの目　時計の音　一切が地に落ちた
だが圧力はありません
（「倦怠者の持つ意志」）

扇子と香水――君、新聞紙を
　絹風呂敷には包みましたか
（「初夏」）

筆が折れる　それ程足りた心があるか
　だつて折れない筆がありますか？
（「迷つてゐます」）

前半の短歌は、啄木の歌の自由さを改めて学び直して作られた、中也のいちばん短歌らしい短歌だ。しかし内容的にはすでに短歌的形式がいらないのに、強いて短歌的な声調を固守してみせている。修辞は自由だが短歌形式としては決して自由ではない。引用の後半は、ダダ風に修辞を不意打ちに使うことで短歌的な声調を解体しながら、なお短歌的な余韻を曳きずっていることを示すために、詩篇の一部を短歌的な一行に改行してみせたものだ。この二つは年数としても接続している。中也の短歌が詩の方に引き継がれる様子は、ほとんど風の吹き変りのように自然で必然のようにおもえてくる。

2

立原道造の短歌作品に感じる特徴で、中原中也と共通な、そしてとても目立つ点がある。それは音数で短歌的な定型を固守しようとしているのに、どうしても声調が短歌を構成しないといえば、いちばん当っている。

誰かが
調子外れな大声で
僕の知つてるうたをうたつてる。
一週間も

つづいた雨がやんだので
空の青さが目にしみるんだ。
一匹では淋しくないか
垣の上に、
ぢつと、んぼがとまつて居るが。
三つまたの道では
梨の花だけが
もう散つてゐる。
白い花だが。——
梨の花が白く咲いてたつけなあ。
さうさう
鳥小屋のそばだつたけなあ。

中也の短歌とおなじように、ひとつは短歌的な声調にまで凝縮できずに中途で表現が放棄されているとおもえる。この見方からすれば形式的な自由と、もう少しの行数があればポエジーを構成できるのに、ただの叙述だけの切断におわってしまっている。別の言い方をすればポエジーの構成の仕方が手に入っていないのだと言ってもいいかも知れない。しかし全く反対の言い方をすれば、立原道造の後年の詩は表現の修辞的な意味内容からすればこれ以上のことにはなっていない気がする。たぶん道は二つの方向にたどられている。ひとつは短歌的な声調を獲得するまで凝縮度を濃くすること。もうひとつは修辞的に詩の方向に開いてゆくことだ。もちろんこの開き方は立原道造のばあい心理的なニュアンスが修辞のあいだに微妙にひだを開くことにあたっている。これは中原中也の修辞的に生活感情の深い融和がなされる方向と異なっている。

そよろ吹く凮に
日の光もゆらぐやう
大覚寺道の静かなひるさがり。
枯草の混つた原つぱに
疎開したときに、
頭の上で、太陽は孤独《ひとり》だつた。
眼の奥までつづく
町の灯の点々
いつかの夜もこんな気がした。
くつきり、舗道に暑い陰影《かげ》が映つてゐる。

すゞかけのかげとにんげんのかげ

これらの歌は短歌的な凝縮がすすんでいる例だといえる。ここではいいかわるいかというい言い方をしないとすれば、短歌としてのポエジーは成り立っている。それとともにしだいに心理的な一瞬の陰影をとらえようとする触手も感じられてくる。

何といふ寂莫！　これが、親友と向ひあつてる気持？
口をきけば直ちに憎悪の言葉とならう、
友の横顔をみまいとする
「お修身」があなたに手紙をうけいれさせなかつた、僕は悪い人ださうです
振り返つてみた。——あの低い杜のかげを路は曲つてゐたつけ
（短歌雑誌「詩歌」所載）

この例は、心理の遠近法がまだ定まらないときの心理描写の短歌作品だ。もうすでに短歌的な声調へ向おうとする凝縮感ははじめから捨てられている。短詩とかエピグラムになった寸言のように受けとった方がいい。ここまでくれば『萱草《わすれぐさ》に寄す』の詩篇はもう地続きだといっても言い過ぎではない気がする。またここまでくれば短歌的な声調を求めよ

うとすれば、すぐに求められるにちがいない。だが立原道造は自然詠に心理の微細なひだを融和させる方向に駈けていった。立原道造の作品に意義が大きいのにたくさん触れられていないところがあるとすれば、短詩とも散文的なエピグラムとも言える作品群だが、これは深入りできなかった。

法然歌

1

わたしなどのおぼつかない理解では、はじめの宗教歌は死者を現世の記憶の方に呼びおこし、その追憶のなかに死者を傷むこころが述べられた「哀傷歌」だった。つまり羇旅《きりょ》歌を近親や知人が遠い地方におぼつかない旅をするときの別れのこころ細い感傷をうたうものだとすれば、「哀傷歌」は死んだ人を現世にあったときの記憶の情景によびもどし、哀切を詠むものだった。そして「哀傷歌」ならばすでに『古今和歌集』のなかに類型をあつめられるほどになっている。またすでに仏教の感性が流布されて馴染んでいた人々のあいだでは現世と来世との移行が死者との距たりであることが認識されていたといっていい。

そして現世と来世の距たりを死という仲介を経ずに往来できるものがあるとすれば、それは「夢」のなかに現われる情景であった。すくなくともこれだけの認識なら、『古今』の哀傷歌に詠みこまれている。

うつせみはからを見つつもなぐさめつ深草の山煙だにたて　（僧都勝延）
寝ても見ゆねでも見えけり大方は空蟬の世ぞ夢には有りける　（紀友則）

ただここには保留がある。それは土地、自然の景物、制度神、という別の宗教的な連鎖、いいかえれば素朴単純な自然の景物信仰が地方神として讃えられ、死者の国へ行ったものは自然の景物のなかに永住しているとかんがえていた階層もたくさんのこっていて、哀傷よりも朗らかな永生のほうが信じられていた。それは「神あそびの歌」として別の系列をつくっていた。

まきもくのあなしの山の山人と人も見るがにやまかづらせよ
まがねふくきびの中山おびにせるほそ谷川のおとのさやけさ
美作やくめのさらやまさら〳〵にわが名はたてじ万代までに　（「神あそびの歌」）

山、榊葉、かづら、井の水、花笠、巫女、制度神、これらの自然と土地神の素材は神あそびの姿として永生の観念のなかで連結されている。これは仏教の流布によって得られた現世と来世を距てる死の哀傷とは似ても似つかぬ未開の信仰の原型にあたっている。『古今』がやっている「哀傷歌」と「神あそび歌」の類別が物語っているのは、短歌的な表現が宗教にかかわるかぎり、まず最初に短歌は固有の自然信仰の土地神、地勢のうち山や川や井泉水、植物、制度神が永生観と強固に結びついた連鎖と、仏教の死を仲介とした現世と来世をめぐる輪廻《りんね》転生観の哀傷との角逐に耐え、この関門をくぐり抜けなければならなかった。これなしには「釈教歌」としての自立的な詠草に到達できなかった。もちろん「釈教歌」が成立するためには専門の生死の仲介者である僧侶と、仏教的な世界観が上層知識人のあいだに勢力を占めることが必要であった。「神あそび歌」は滅びたわけではないが、上層の知的な理念からは未開にちかい習俗として却《しりぞ》けられ、村里の鎮守、鎮魂の祭礼として存続することになる。またもしかしてこの未開の信仰を保守した天皇を中心にした宮廷共同体のなかに余命を保っていったともいいうる。

わたしの知識はたいへんあやふやだが、「哀傷歌」と独立に「釈教歌」が類別されたのは、八代集のうち『後拾遺和歌集』からであるとおもう。

ありしこそ限なりけれ逢ふ事をなど後の世とちぎらざりけむ　（源兼長）
立ちのぼる煙につけておもふかないつまた我を人のかくみむ　（和泉式部）

などてかく雲隠るらむかくばかり長閑《のどか》に澄める月もあるよに　（命婦乳母）

（以上「哀傷」歌）

この「哀傷歌」は『古今』時代から変らずに知人や近親が死んだあとに、現世に呼びもどして追憶したときの距たりの遠さと深さを哀んでいる。では「釈教歌」とどこがちがい、どうして別の類別になっているのか。

常よりもけふの霞ぞあはれなる薪つきにしけぶりとおもへば　（前律師慶暹）

道とほみ中空にてやかへらましおもへばかりの宿ぞうれしき　（康資王母）

衣なる玉ともかけてしらざりき酔さめてこそうれしかりけれ　（赤染衛門）

（以上「釈教」歌）

かくべつ択んだのではないが、違いがわかりやすい歌を挙げた。ようするに「釈教歌」は一種の理念の歌になっている。自己の死は一般的な死の概念のなかに共存させられ、死んだあとの世界は、浄土であることが嬉しいと詠まれている。これはどの「釈教歌」をとってもおなじで、哀傷はどこにも歌われていない。もちろん哀傷があるにきまっているのだが、死の専門家である僧侶は確信の力を借りて、来世は安楽の浄土だという教義を流布してその影響をひろげている。哀傷を独白するのははばかられる雰囲気がつくられてしまっていると言ってもよい。それは興味ぶかいことだが、ここでもう一度上層知識人や僧侶たちは未開な固有の自然宗教の永生観念を反覆するように、霊魂と地勢と制度神の連結観念を復元したのだともうけとれる。わたしにはその解釈の方が魅力的におもわれてならない。僧侶や知的な上層の人々は、はじめて仏教によって生と死の観念の世界性を受け入れて、死によって来世の浄福な世界へゆくものだという理念に触れた。仏教以前の習俗の理念では、死によってひとりでに霊魂はいちばん近い山とか海辺から沖にある島とかの地勢に移り住み、ふたたび村落に生誕する幼児のなかに戻ってきて再生するというような未開の概念をもつだけだった。死は霊魂にとっては、ただ地勢の変更にすぎず、繰りかえしじぶんの村里のジュニアの肉体のなかに入りこむことにほかならなかった。これでは死別哀傷の本格的な意味をもちうるはずがない。近親や肉親にとっては、肉体の死が哀傷だったに違いない。しかし肉体の死に立ち会わない人たちにとっては、葬所の煙を目撃するごとに、火葬されている肉体の連想を誘われて哀傷のおもいをしたろうが、これとて仏教以前的な習俗が存続している土俗の人々にとっては、くりかえし戻ってくる霊魂をかんがえれば、晴朗な通念の雰囲気に覆われた死しかなかったとおもえる。仏教は肉体の死がすくなくとも現世と来世の境であり、浄福の来世に飛躍してもう現世に戻ることがないことのために、必須の条件であることを教えた。それが肉体の死を哀傷の情感としてではなく、理念として肯定する世界観の要《かなめ》にほかならなかった。

常ならぬ我が身は水の月なれば世にすみとげむ事もおもはず　（小弁）
こしらへて仮のやどりにやすめずは誠の道をいかで知らまし　（赤染衛門）

2

いずれも『後拾遺集』にある「釈教」歌の典型的な手法だが、はじめの一首は水に映った月が消え易く、乱れやすいことを、現世の心が無常で移ろい易く、乱れやすいことの比喩として使われている。あとの一首は生命の仮の宿にすぎない現世という思いに通じなければ、ほんとの道を自覚できないという仏教の理念を追う形になっている。「釈教」の短歌的な表現が、なお自然の現象に比喩をもとめる形を失わないことは、理念としていえば、仏教といえども未開の自然宗教がもつ自然の現象や宗教の変化の名残をとどめていることと同義をなしていた。

法然の仏教史上の存在理由は、人間の肉体的な死は苦痛に充ちるが現世から浄福の来世へ飛躍する契機であり、その意味からは死は浄福への必須の条件であり、浄福の安楽の世界の方が苦悩の現世よりも理想に近いとすれば、肉体の死も、そのあとにくる世界も現世よりも好ましいという理念を明確に言い切って、衆庶の習俗的な永生観の巷に斬り込んだ最初の僧侶だという点にあるといえる。かれの「釈教」の歌が『後拾遺』以後の「釈教歌」の一般的な特性と分別される理由もそこになくてはならないはずとおもえる。

障《さ》へられぬ光もあるをおしなべて隔てがほなる朝霞かな
かりそめの色のゆかりの恋にだに逢ふには身をも惜みやはする
柴の戸に明暮懸かる白雲をいつ紫の色に見なさん
おぼつかな誰れか云ひけん小松とは雲をささふる高松の枝

（正宗敦夫編『法然上人集』）

これらの短歌はどんな「釈教歌」とも似ていない。また同時にどんな短歌的な自然詠とも似ていない。いわば通常の自然詠のあいだに〈釈教的なもの〉が象徴的に浮びあがっている。つまりは釈教を比喩するものでもなく、自然現象を釈教的な解釈にひきよせるものでもない。〈釈教的なもの〉の象徴歌という性格をもっている。こういう短歌的な表現が法然にあることは、法然のこころが、衆庶の習俗が含んでいる自然にたいする愛着の世界に、仏教的な感性として滲みとおることができており、法然の理念はほんとはそのところを眼目にしていることを意味しているようにおもえる。これは解釈のし過ぎだといわれるかもしれないが、この短歌的な表現の類形の無さは、そういう理解を強いるようにおもわれる。もちろん法然にも有りきたりの「釈教」の歌がある。

阿弥陀仏に染むる心の色に出でば秋の梢のたぐひならまし
阿弥陀仏と云ふより外は津の国のなにはの事も悪しかりぬべし
阿弥陀仏と心は西にうつせみのもぬけ果てたる声ぞ涼しき
阿弥陀仏と十声唱へてまどろまむ永き眠りになりもこそすれ

これは純然たる「釈教」歌だ。しかも法然らしいといえばいえる。第三首目などとくにそうだ。〈阿弥陀仏と称えて西方浄土に心を移してしまって、現世の心はも抜けのからになってしまっている。そうなればこそ称名の声は涼しい音色をもつのだ〉という法然の念仏者としての境位の深さと特長を語っている。また第四首目など眠るまえに十遍の称名の習慣を忘れないで行うのがいい。もしかするとそれは永眠して浄福の来世へそのまま往けることにつながるかも知れないからというすすめの言葉になっている。

月影のいたらぬ里は無けれども眺むる人の心にぞ住む

新仏教を浄土宗として開き、旧仏教の高僧たちから、お前は新しい宗派を開くほどの見識があるのかという非難を浴びた法然は、また旧仏教の僧侶として、叡山第一の知慧者と言われていた。その法然の両義性は、自然の月と心のなかの月（月想観）とを二重に詠んでいるところによくあらわれているとおもえる。

『草根集』の歌

正徹については『丹鶴叢書』の『草根集』上の緒言に紹介された閲歴以上のことは知らない。因みにすこし引用してみると、正徹は姓は紀氏で、字《あざな》は清巌、招月と号した。東福寺にはいり、仏照派の書記だったので、徹書記と呼ばれた。その詩歌の道の才は情に富み、歌道を権大納言藤原為尹卿や今川了俊などに学んだ。七十九歳で死んだ。烏丸光栄卿の『聴玉集』には歌は上手だけれど風体はよくないと評されている。

ところで現在わたしたちから見る正徹の歌は、いわば和歌の衰退する時代にあたって、多作につぐ多作で、もはや堂上の風儀にのっとった形骸しかのこっていない和歌を支えた、いわば最後の歌人のように受けとれる。その歌の上手は天性の歌才というよりも絶えまない修練が生んだ言葉の練り方の上手といった方がいいようにおもえる。試みに「詠一夜百首和歌」から正徹らしい典型をなしている作品を少しあげてみると、

ふみ分る雪の跡より氷つつ猶うつ《づ》もるゝ若菜をそ《ぞ》つむ
霞にも雲にもまよふ空なか《が》ら春をしるへ《べ》と雁や行らん
雨もまたたか《が》手枕にあけぬらん雲そ《ぞ》とた《だ》ゆる春のよの夢
白雲のやへ山遠く匂ふ也あふをかぎりの花のはるかせ《ぜ》
手折とも人にかたるな山吹の花にわけくる露はおちにき

任意にえらんだ作品だが、ほんとうに一夜のうちに百首詠んだとすれば、これだけ粒のそろった作品を百首つくりあげる力量とエネルギーは無類のもので、難行苦行だといえよう。これらの作品の特徴は何かといえば、行動的な修辞を意識して使いながら、じつは架空のイメージを展開していることだとおもう。もっと別の言い方をすれば、動きをことさら際立たせるような言葉を択びながら、動きとしては無理なほどイメージを細かくしてしまっている。ふり積った雪のあとを行きながら雪の下に埋もった若菜を摘むという情景は、習俗の愉しみや面白さもないし、しきたりを守る人の生まじめな表情もない。何となく作者の主観的なイメージのなかに潜んだ苦行みたいなものしか感じられない。かつてそんなふうに無理しても若菜つみを面白がった若い時があったという追憶のひとかけらもないし、そういう景物をみたという経験の痕跡もイメージにない。いわば造り出された意想ともいうべきものだけがあるとおもえる（一首目）。霞であるのか雲であるのかわからない薄曇った空をわたってゆく雁は、春という季節の感じをたよりにとんで行くのだろうというのも、実景を過去や現在のどこかに含んだイメージというよりも、作品の意想が意志的に、また修辞的にこしらえた情景のように受けとれる（二首目）。三首目から五首目の歌では「雲そとたゆる」「あふをかぎりの」「花にわけくる」というように自然の点景を擬人化しかねまじき誇張した修辞をつかっている。歌枕であっても、ありふれた景物であっても、歌は実景の印象を詠まないのがいいので、居ながらにして景物のイメージを造りあげてしまうべきだという正徹の考え方は、とてもよくこれらの作品にあらわれているとおもえる。だがそのばあいもともと架空のフィクションから造られたイメージと少しでも実景にたいする実感覚のイメージとの本性のちがいをどこで処理すべきなのか。正徹の修辞的な苦心はそこに中心があったようにおもえる。

　天つ空光はみえす《ず》うの花のさくやう月の夕やみの庭
　みなの河ふちにはよらし《じ》つくは《ば》ねのみねより落る雁の一つら
　窓の月にいとまあり共むかはめやおのれに暗き文字の関守

景物や自然のさまざまな現象は何によって造りだすのか。それは過去の記憶の残像によってでもなければ、眼前の風物の実景によってでもない。言葉（修辞）によってだけだ。そういう正徹の歌の理念がとても率直にあらわれている。三首の作品を順序よく並べてみると正徹の歌の理念と、その理念が実作によってどう変遷するかをうかがうことができる。一首目はたぶん架空の理念だけから造られている。空は真っ暗やみで、光はひとつもささない。黄色い卯の花が真っ暗な庭に咲いていて、そこだけが浮き上ってみえ、まるで空の月のようだという理念のイメージを造りだしたかった。しかしわたしたちが現在この作品をよむと、かえって卯の花のかたまりだけが眼にみえて、空も庭も真っ暗な眼のまえの実景のようにおもえてくる。するとまるで風情も何もないで、真っ暗な庭に卯の花のかたまりだけが少しだけ色づいている味も素っ気もない景物を、無理にリアルに詠んで歌にしているように思えてくる。だが真っ当にかんがえて、室町期の歌人がわざわざそんなつまらない景物を歌に造るはずがない。これは作者には理念のイメージなのに、色彩の欠けた実景の歌のようにおもえてくる逆説なのだとおもう。これが正徹の理念的なイメージがひとりでに造りだしている逆説で、正徹の修辞的な力量がそうさせているに違いない。二首目になると作者の理念のイメージはもう少し別の要素を加えている。この本歌は百人一首にもある陽成院のものだが、正徹は思い切って男女川《みなのがわ》が嶺の高みから滝のように落ちてくるという本歌を、一列の雁が嶺おろしのように山際にあらわれるさまに読みかえている。着想の変換の面白さが、イメージの同一さからでてくるところに、正徹の理念があったとおもえる。さらに三首目になると正徹以外の誰にも不可能なほどの大胆な詠み替えになっている。景物は自然の偶然が造り、自然をみる人の眼が景物を集約させて歌枕がうまれるという和歌の理念はまったく転倒されている。たとえ窓の外にはながめやるべき月がかかっていても、じぶんが文字に心をくだいているあいだ、文字が関守になってじぶんの視線を塞いでいて、自然の月をながめるゆとりはうまれないと言っているようにおもえる。「文字の関守」というのは、言葉こそが景物を造るのだという正徹の歌学の理念を宣明しているようなものだ。堂上和歌は展開するポエジーとしては、ここで終ったといっていいのかもしれない。正徹は言葉の迷路にじぶんも迷いこむとともに、堂上歌学を葬むる実作者として最後の人であるかも知れなかった。

　　はれ曇る時雨を冬とかくは《(ば)》かり定めなき世に誰さ《(だ)》ためけん
　　名取河みなわなか《(が)》るゝあた浪にうかひ《(び)》出たる瀬々の埋木
　　旅衣あらしを袖のやと《(ど)》りにて夕こえかゝるさやの中やま

一首目は自然の移りである季節を比喩にした歌、二首、三首目は歌枕を比喩に造られているが、ほんとうはモチーフが不明な作品だと言っていい。これは正徹の作品が自身でもどこに道を拓《ひら》いてゆくかわからないままに造られた例だとおもえる。自然の移りゆきも、歌枕も風雅として直かに眼のまえに据えて自然詠として成り立たせるための意欲を、じぶんでも持ちえなくなっている。そうかといって自然や歌枕を詠むことが、何かの暗喩になりうる時代はとうに過ぎ去ってしまっている。もちろん自然が写実であったり写生であったりするほど鮮やかに感じられなくなってもいる。このままでは堂上和歌は袋小路に入りこんでしまう。

正徹の歌人としての役割からすれば、堂上の和歌の理念をどこまでも自身でたどってみせることで、この和歌の袋小路に立ち迷ってみせることが重要だった。この正徹の姿が「風体」が悪いと評されたとおもえる。しかし別の言い方をすれば堂上歌学の御本家たちには、正徹のもつ風刺の才もなければ、ねじけてみせる破格の人がらもなかったから、正徹の作品ほどに思い切った「風体」をとってみせることができなかったとも言いうる。わたしには正徹の多作と、即興の集中力が並はずれて大きく、またほとんど常人には不可能とおもえるほどの絶えまない習作の試みが、何よりも関心をひく。まるで歌詠みの狂気につかれたように、一夜百首とか一日百首とかの試みをやっているようにおもえる。正徹を歌作に駆り立てたのは何であったのか推察もできないが、わたしには堂上歌学の常識が歌道の本来的な姿とみているものが、正徹には消亡の姿としかみえないため、しゃにむに修練によって血路を見つけようとしたのだという解釈が、いちばん真っ当な気がしてならない。その血路の兆候とみえる作品をいくつか引用してみる。

賤の女か《が》雪まの野へ《べ》を立ち帰りあれ行庭に若なをそ《ぞ》つむ
紙屋川水すむ岸の柳かけ《げ》春はみと《ど》りの色そ《ぞ》かさなる
程近くたなれの駒を放ち置てなれも草かる野へ《べ》の總角《あげまき》
なれ〳〵ていつかは花におくとみむ秋まち遠の百草の露
風わたる山田のくろの花薄《すすき》まねけ《ば》はまねく宵のいなつ《づ》ま
風さそふしく《ぐ》れとゝもにふり落て庭の木の葉のかわくまそ《ぞ》なき
忘れす《ず》よ風に声する下荻のほのかたらひし名残ならねと《ど》

これらの歌はたとえ題詠であったとしても、かつて記憶や追憶のなかに実際に見たことがある実景をもとに詠まれていると解釈してもいい作品だ。和歌的な命運を生きのびてゆく方向に向わせるためには、正徹といえども自然の細やかな動きの表現をまねき入れるほかないと思えたにちがいない。しかし本音をいえば正徹の歌ごころからは、もう自然の景物にたいする心おどりはなくなってしまっている。だから全体としていうと、細やかな景物の動きを追っているのだが、和歌的な声調の中心となるような視線の集中がなく、いたずらに細々として特色もない自然物の動きを繊細さとは無関係なわずらわしい言い廻しで叙しながら、のっぺらぼうになってしまっている。つまらない情景に眼をとめて、いやに小まめに歌にしているじゃないかということに尽きてしまう。たとえば一首目は、下働きの手伝いの女が雪のつもった野べの道を里の家へ帰ってしまったあとの、荒れた庭で若菜を摘むというように受けとれる。賤の女《しずめ》が帰ったあとのわびしい庭で若菜を摘むという着想が正徹の手柄なはずなのに、何とつまらない言葉の綾を唱ったものだという印象しか与えない。正徹が悪いのではなく、すでに和歌的声調が失われた時期にそれをこしらえ上げようとしているところに、その理由が帰せられるとおもえる。これらの作品は繊細な着想をみせながら、背後からだからどうしたといつでも問われている。それは正徹にも応えようがないのだ。二首目の「みとりの色そかさなる」も三首目の「なれも草かる野への總角」も五首目の「まねけはまねく」も正徹でなければできない修辞的な達成におもえるが、それでも一首の和歌的表現の全体を救済することになっていない。最後の引用歌を例に、もう少しこの和歌的な命運について立ち入ってみる。たぶんこの最後の一首は式子内親王の「ほとゝぎすその神山の旅枕ほの語らひし空ぞ忘れぬ」が本歌にちがいない。この一首が単純なのに比べると、正徹の、本歌をとった一首は、風に揺れている下荻の葉ずれの音がほの語らいのようだともとれるし、また下荻の葉ずれの音のように、ほの語らいのときをもったことを忘れないというようにもとれる二重の含みをもった表現で、はるかに複雑な歌ごころになっている。しかしその割に正徹の歌はつまらなくおもえる。修辞が修辞以上の役割をしてくれないのだ。式子内親王の本歌は単純きわまりないのに、修辞が修辞以上の役割を演じていて、ほととぎすの啼く音が「ほの語らひ」のようにおもえた、このとき作者の心の奥には恋した人の面影が浮んでいたのではないかといった想像が、読むものにとって自在な空想力となって拡がって、思わず深読みしてしまうようにできている。また「その神山」というのもその斎宮となってゆく山ともとっていいし、追憶のなかに浮んでくる昔の思い出の山のようにも読みこむことができる。この本歌と正徹の歌との修辞的な効果や余韻のちがいは力量のちがいというよりも、和歌的な命運の時代的なちがいと言うほうが正当だとおもえる。正徹が支えていたのは和歌的な命運の黄昏《たそがれ》だった。

江戸期の歌1

1

江戸期の歌人ということになれば、田安宗武、良寛、橘曙覧《あけみ》で象徴させればいいのかもしれない。この象徴にゆきつくために、言うべきことがあるとすれば、堂上歌学の影響はまだ強くのこっていても、それを教養として身につけた人々のあいだから、和歌を詠む人士を見つけだすのはなかなか難しい風潮になっていた。

儒学が武家階級の公用倫理であり、漢学は公用語の世界になっていた。ちょうど平安朝期に私的な女性語の世界に伴って物語（歌）や和歌が興隆をむかえたのとおなじように、江戸期の和歌が公的な儒学の世間の隙間から、私的な教養であるかのように、こぼれ落ちてきたものに喩《たと》えられる。その担い手は町家の裕福な子弟、医者や商人などのうちの教養人など、いわば非武家的な層が主体だった。この層の感性的な世界に理解をしめし、本来ならば堂上の教養圏にあるはずの僧侶、儒家が、古典の掘りかえしからはじめて、この町家の興隆してきた和風の学問（国学）に関心を強くして、その背骨をつくることに寄与したといえる。

契沖や真淵などの国歌八論にまつわる論議は、この背骨を支えた儒学から国学へ転換の筋道をつけた学者たちの動きをよく象徴している。負の場所から裏返していえば、町家の教養人の世界では、すでになぜ和歌形式は五・七・五・七・七の音数が守られているのかが、よくわからなくなっていたとも言えよう。詩歌の音数として五・七・五は理解できるとしても、どうして終りの二句が七・七となるかは分明でない。連歌は町人層の教養として俳諧の形で大衆化することができる。しかし和歌形式を狂歌によって大衆化するには、韻律の操作だけでなく、まとまった理念を必要とする。この理念は物語を構成するような詩歌外の能力だといっていい。

賀茂真淵によって提起された国歌の論議は、和歌形式の起源はどこにあるのかを、伝説と神話から解放してつきつめようとするはじめての試みであるとともに、既にわからなくなってしまった和歌（国歌）の音数的な根拠を解明しようとするモチーフをもっていた。具体的にいえば、平安朝期の堂上歌学では、和歌の起源は伝承と神話そのままに「八雲立つ いづも八重垣」が形式的な起源だとする記述が疑われずに過ぎてきた。賀茂真淵らの和歌（国歌）の起源についての論議は、この神話伝承的な記述自体に根本的な疑問を提出した。いわば神話的記述のなかから人文論理をはじめて宣揚した画期的なものだといってもいい。

またもうひとつ、江戸期の和歌形式の起源についての論議の特徴は、伝承の記述自体を疑問とし、否定する論議をはじめて公然と展開したことだ。この問題については、わたしの『初期歌謡論』が詳述しているからここでは触れない。結論だけをいえば、和歌形式が五・七・五・七・七のヘテロな音数律に集約されてきた根拠は、片歌形式（五・五・七・四・四・七あるいはそのヴァリエーション）での複数の人のあいだの掛け合いが、ひとりの作者によって集約されたために産まれた形式だということになる。

この論議が提起され、一応の結論が真淵を中心にして成立したことは、江戸期の和歌の性格とはるかに呼応することになる。ひと口に江戸期の和歌（国歌）を総括するとすれば、ひとつは堂上歌学の特徴ともいうべき、『古今集』をもとにして詠むという態度の変りなさだといえる。もちろんこの態度は、明治の正岡子規にいたるまで、ひき継がれたといってよかった。子規もまた、まず『古今集』をもとにして歌作をはじめ、そこからいわば擬万葉調ともいうべき実朝の歌に心を寄せて、万葉調に開眼してゆき、それを写実性として組み直す道をたどったと言ってよい。

もうひとつ江戸期の和歌（国歌）の特徴は、言葉（用語）の身近への引き寄せだったと言ってよい。これは現在から近代化のあらわれとしてみれば、口語化といってもよい。ようするに町家の生活的な感性を導入することで、日常の生活情緒を必然的に詠歌のなかにとり入れることになったともいいうる。

因みに大隈言道の『草徑集』を例にしてみる。

94 わらはべの手をのがれこし蝶ならむはね破ても飛がかなしさ
143 ともしびとわれとははかなよひ〳〵にものもえいはぬわざくらべして
343 たれかきていつ帰りけむおもほえずわがいねぶりのはても無間《なきま》に

これを和歌の口語化とみれば、すぐにわかるように古今調では決してあらわれないような日常の生活のなかに見えかくれする弱点が、そのまま率直に詠まれているところに、まずあらわれている。第一首目は蝶が草花を伝わるさまの美しさとか可憐さとかが詠まれているのではない。子どもたちにつかまって羽を破られて鱗粉を削されてとんでいるさまが歌われている。べつに江戸期だから子どもが蝶をつかまえて乱暴するようになったわけではない。それは古今時代にもあったことにちがいないのだが、美学がそこに着眼することを許さなかったのだ。第二首目でいえば、灯の下で母おやとじぶんとが遊戯に夢中になって毎晩のように遊んでいるさまが歌われている。気取ることなくそのさまが歌われる。第三首目では昼間居眠りしているあいだに、気ごころ知れた訪客が来て帰ってしまったさまが、おのずから捉えられている。美意識だとすればこの表現は醜の美意識だし、美学よりも生活の率直な表現の方が大切だというのなら、作者の生活意識が歌の核心に移っていることを意味しているとおもえる。

380　山風のさかおろしなる谷の道われより先にゆくこのはかな
486　いづこにかさけると見れど花もなしこころの香なる梅にや在らむ
522　ちかく見てとほく見てまた桜花いかさまにてもあはれなるかな

これはたしかに自然詠にちがいない。しかし伝統の主題という意味は形骸だけだと言っていい。自然の花や木が美しいかどうかが歌われるのではなく、自然物とじぶんとの関わりあう有様が歌われている。谷間の道を歩いていると木の葉が嵐に吹かれて、じぶんの行くさきざきに舞ってきて、まるで先を歩いているようだ（第一首）。また桜は遠くで咲くのを見ても近くの花を見ても、またどんな視線で見てもあわれに美しい（第三首）。生活詠ではなく自然詠なのにもかかわらず、自然の花や木が美しいと述懐されているのではなく、じぶんが自然の花や木をどんな風に見ているかという概念を述べることが、和歌（国歌）になっている。わたしには言道の個性がそうだというよりも、江戸期の町家の感性がいやおうなく自然詠にあらわれているもののようにおもえる。

第二首目はたぶん和歌史上では最初にあらわれた花の香りの表現にちがいない。幻臭の歌とみてもよいし、梅の香り（花の香り）に執着するあまり、どこにも近くに梅の花が咲いていないのに、おもわず香りが流れてくるような気がしたというように、伝統の花の香りの歌をひろげた表現とみることもできよう。いずれにしても「心の香」が現実の梅の花をイメージさせたという思いを歌っていることは確かだ。

花の香りという主題はこの言道の歌ではじめて内在化された。香りの意味を修辞的に、光と影とか気配とかの意味に内在化することは古くから試みられたが、「心の香」のように内在化されることはなかったのだ。ここまできて江戸期の歌は、『古今集』をもとにして作られるという神話的伝承からほんとうに飛躍したことを象徴するようになる。

2

和歌（国歌）の形式的な根拠は、真淵らの解明を背骨にして根底的に神話的伝承を断ち切ったが、このことは同時に和歌（国歌）の実作のこころが、どこへゆくのかまったく予測できないものとなったことを意味している。江戸期の代表的な歌人であるかどうかは疑問としても、大隈言道の作品から、そのいくつかの方向性や可能性を象徴させることはできる。

930 なれかねてつな引《ひき》あがく猫の子も手玉にとれる庭の落栗

933 いづくにかわが身きぬるとおもふらむ市にまろべるなだの蛤

この二首で象徴されるものは、和歌的な目くばりの拡大といえるものだ。古今調の伝統的な修辞に固執し捉えられているかぎりは、庭で紐をひきずってもがいていた猫が落ち栗のいがを手玉にじゃれはじめた光景を、和歌形式に詠むことはできなかったにちがいない。またそれ以前に、庭でじゃれている猫の子の有様が和歌的な表現にのるものかどうか、疑問とされていたかも知れない。なぜなら、写生的な意味があっても物語的な意味はないとおもわれていたかも知れない。これは二首目の蛤《はまぐり》の歌でもおなじだ。市場でざるに入れて販《う》られている蛤を対象にして、蛤自身が磯辺からどんなところまで来てしまったのだろうかとおもっているにちがいないという物語をつくって、和歌の表現にすることなど、古今伝授の世界のなかにあっては不可能だったに違いない。これは和歌的（国歌的）世界の変貌を意味する有力な徴候かも知れなかった。すくなくともたんに主題あるいは素材の拡大、いいかえれば好奇心の拡張を意味するだけだとはおもわれない。

100 やまぶきのひとへにさくをめで乍《ながら》やへなるみればやへぞ増《まさ》れる

152 いもが背にねぶるわらはのうつつなき手にさへめぐる風車かな
224 衾《ふすま》さへいとおもげなる老の身のぬるがうへにもぬるねこまかな
299 まなくちるこのはかづきて山路より出くるうしのすごき夕ぐれ

第一首目などは、明治の正岡子規の短歌革新の方向性をさきがけて暗示している。もっと極端に子規の歌集に入れてもすこしも不自然でない。三首目は、掛け蒲団さえ重たいとおもっている老のわが身なのに、そのうえに猫がまた寝にきて重たくて仕方がないという意味だとおもえる。

こういう写生の眼のつけ方は何を意味するかといえば、対象となった事物の自然に歴史の伝承を重ねることができないため、光景に由緒を与えることができなくなっていることを意味している。光景はその視えたとおりの事物の配置として写しとられるほかない。子規はこの自然や風景に歴史をみることができなくなったところで、事物の写実性をそのまま和歌的表現の特徴とするほかなかったに相違ない。第二首目は、この写生が稀に情緒の流れやリズムと一致したいい作品になっている。これは子規系統ほど写生に徹しなかった明治以後の短歌の成功作（たとえば前田夕暮や木下利玄の作品のような）にしばしばあらわれている。第四首目は、山鳩の声の「凄さ」を歌った西行の本歌とくらべればわかるように、西行の「凄さ」が歴史感情が自然の夕景にあたえている「凄さ」であるのに、言道の歌は、牛が落葉を背中いっぱいにくっつけながら突然山路からあらわれてきて、びっくりしたという「ああおっかない」という「凄さ」にしかなっていないことを比べれば、江戸期の和歌（国歌）がどこへ行ったのかの方向は、おのずから知られる。もうひとつ言道の作品が象徴している短歌的な傾向をとり出すことができる。例でいえば、

337　人なげにめのまへをしもゆきかひてちりさへわれをかろめつる哉
338　はらへども立まふちりのさりやらでただおきどころかふるなりけり

たぶんこれは歌人言道が、意図して和歌（国歌）的な伝承に逆らうように、主題と素材とを故意に卑小に選び、卑小に歌ったものだ。いってみれば、どうだこれでも短歌的な表現は成り立つだろうと主張しているようにおもえる。そしてたしかに江戸期の歌が新時代の平民社会につながる方向の一つが、ここにあった。

江戸期の歌2

1

正岡子規が江戸期の歌人でただ一人抜群の評価を与えたのは、橘曙覧だったことはよく知られている。子規の言い分はこうだ。

ある歌人から俊頼の『散木奇歌集』と井上文雄の『調鶴集』と橘曙覧の『志濃夫廼舎《しのぶのや》歌集』をすすめられた。読んでみたが俊頼や井上文雄の歌は何の特色もない平凡なものだったが、橘曙覧の歌集にきてはじめて凡庸でない感じをもった。

さらに子規はどこを評価するかに立ち入っている。曙覧は、わたしなどの感想では田安宗武と良寛とともに江戸期の歌人の象徴であり、また同時に江戸末期の歌人だから、子規の評価は、連続する後代の歌人からの江戸期の歌人の評価になっている。子規の曙覧評価を要約してコメントしてみる。

㈠曙覧の歌は『万葉』に学んでいながら、『万葉』とちがっている。さ細な日常の出来ごとをとらえて、縦横に歌っているが、そのことがかえって高雅という意味をあたえている。とくにその主題を自然の風月を高雅で飾ろうとして、かえって月並な俗気に堕している古今・新古今調と逆になっている。これは古今・新古今調が四季の自然の風雅を主題としながら、俗気に充ちているのと裏腹だと言えよう。

ここでコメントをさしはさめば、子規にとって、古今・新古今調は排すべき俗調であり、万葉調だけが短歌の復興に寄与するものだというのは固定観念にちかかった。そしてこの固定観念を作りあげた子規の想念とは、『万葉集』は事実の生を写した雑歌の性格をもち、古今・新古今調は自然の四季の変化に美をみつけだす風雅の美学を装いとしながら、ほとんどは題詠歌や歌枕を名所とする空想歌であり、自然美の写実とは似つかぬものだという観点があった。曙覧の歌はこの観点からいえば、万葉以後で実朝をのぞけば空前絶後の万葉調の歌ということになった。

たのしみはあき米櫃に米いでき今一月はよしといふ時
たのしみはまれに魚烹《に》て児等皆がうましうましといひて食ふ時
たのしみは木芽《このめ》瀹《にや》して大きなる饅頭を一つほほばりしとき

子規がいう曙覧の万葉調とは典型的にこういう歌をさしている。これは子規のように万葉調という言い方をしなくても、掛値なしにいい歌だといえる。そしてこれらの歌がいい作品だという根拠を、子規は一つはこれがじぶんの推奨する万葉調の再来であること、二つには一見すると俗な生活を詠んでいるようにみえながら、歌としての志は高雅だということにもとめた。これは古今・新古今調が自然の四季の美を風雅に詠んでいるようにみえて、俗気たっぷりな題詠の空虚さを本質とするのと、ちょうど逆だというのが子規の言い分であった。子規の曙覧評価が妥当かどうかを別にして、この洞察には子規の卓見が含まれているとおもう。

子規の曙覧への評価は現在の観点からみれば誇張されていてやや狂っているとおもえる。子規はむき出しの生活感情や事実の描写、写生の単純な復活のほかに古今・新古今調の形骸化を超えて和歌が復活存続できるとは信じられなかった。この根底から子規は写実・写生の原型をもった『万葉集』に眼をそそぎ、この単純であるがままの写実である（ようにみえる）万葉調の復興をかんがえたのだ。わたしは『万葉集』に写実の特徴をみつけたり、写生の率直さをもとめたりする子規のかんがえ方は、詩歌のもつ母型としての全方法性を無視した、脱思想的な考え方だとおもう。子規に思想性を求めるのは無理だったとしても、子規の万葉理解は茂吉の実相観入まで尾をひいてしまう。

子規の脱思想的な写生の説は、曙覧評価のなかにあらわれる。曙覧はなぜ事実の導入をさけないで、じつにリアルで身近な生活の雑詠を優れた作品として実現したのか。子規はその理由を、曙覧が赤貧でありながら高雅な生活の士であり、好学のこころを保持してやまなかったからだというところに求めている。子規は松平春嶽の「橘曙覧の家にいたる詞」を引用して「壁が落ちかかり、障子はやぶれ、畳はきれ、雨がもってくる」住居の有様を記し、かたちはこの通りだが、その心は雅《みや》びに満ちている有様も忘れずにつけ加えている。じぶんは大名として大廈《たいか》高楼に住んでいるが、心のなかには万巻の書物のたくわえもなく、心は寒く貧しい。これからは曙覧の心の雅びを学んでいきたい。これは参議正四位上大蔵大輔源朝臣慶永（松平春嶽のこと）が言うことだという「春嶽自記」の言葉を記している。

膝いるるばかりもあらぬ草屋を竹にとられて身をすぼめをり
米の泉なほたらずけり歌をよみ文をつくりて売りありけども
たのしみは銭《ぜに》なくなりてわびをるに人の来りて銭くれしとき
たのしみは物をかかせて善き価惜みげもなく人のくれし時

子規はこれらの歌を曙覧の清貧を如実に語る作品として挙げている。しかしそれは歌の表皮にたまっている主題的な意味だけにすぎない。もはや歌学は堂上はもちろんのこと、武家や町人層の感性の生活のところにもなく、貧しい詩人（歌人）の物語の内面にしかない和歌（国歌）の状態を語っているだけで、清貧とは主題の意味の表皮にあるだけだというとがわかる。曙覧のこれらの歌の特徴は声調からわかるように、この歌学の外の環境からやってきた崩壊と、その崩壊を内在的に心の持ち方で支えている短歌の姿だとおもえる。清貧という意味は詩歌としての声調の深層には、まったく見られない。

2

子規は西行も良寛も評価しなかった。それはこの二人とも自作の骨組を古今・新古今風の風雅においたからだ。西行は自身が『新古今』に採用歌がいちばん多い歌人だったから、それからはみだした歌の例をあげて、万葉調の歌も、写実の歌もあるといっても、子規の評価は変らなかったとおもえる。子規が万葉的というとき、たんに声調を言っているのではなく、生活の感情、道具、振舞いなどが即物的な事物と事象の表現でなくてはならなかった。子規流にいえば「趣味を自然に求め、手段を写実に取りし歌」に限られるといってよかったのである。そしてその背後にはこれ以外のやり方で明治の新時代に和歌が復興する道はないという子規の強固な思い入れがあった。

たのしみは小豆の飯《いひ》の冷たるを茶漬てふ物になしてくふ時
たのしみは鈴屋大人《すずのやうし》の後に生れその御諭《みさとし》をうくる思ふ時
こぼれ糸纜《さで》につくりて魚とると二郎太郎三郎川に日くらす
（橘曙覧）

手毬唄ひふみよいむなこゝのとをとを納めてまた始まるを
鳥と思ひ手な打ちたまひそ御園生《みそのふ》の海棠《かいどう》の実を啄《は》みに来し我《わ》を
同《おな》じくはあらぬ世までも共にせむ日ハ限りあり言ハ尽きせじ
さきくてよ塩法坂《しほのりざか》を越えて来む木々の梢に花咲く春は
（良寛）

橘曙覧のこれらの短歌が『万葉』の直系だというのならこれらの良寛の作品もそうだといわなければ短歌声調の上から不都合だろう。また日常生活の写実をいうのなら庶民ぐらしに材をとった曙覧の歌と、野僧のくらしに材をとった良寛の歌は等価だというほかない。だが子規の評価では良寛の歌は古今調を脱していないことになり、曙覧の歌は『万葉』の直系ということになっている。

濡《ぬら》しこし妹《いも》が袖干《そでひ》の井の水の涌出《わきいづ》るばかりうれしかりける
筧《かけひ》かけとる谷水にうち浸しゆれば白露手にこぼれくる

ともすれば沈む灯火《ともしび》かきかきて苧《お》をうむ窓に霰《あられ》うつ声
その浜千さとの目路に塵をなみすずしさ広き砂上《すなのうへ》の月　（橘曙覧）

み山べの山のたをりにうちなびく尾花眺めてたどりつゝ来し
虫は鳴く千草は咲きぬこの庵《いほ》を今宵は借らむ月いづるまで
風は清し月はさやけしいざ共に踊り明かさむ老の名残りに
忘れてはわが住む庵《いほ》と思ふかな松の嵐のたえずし吹けば
いまよりはふるさと人の音《おと》もあらじ峰にも尾にも雪の積もれば　（良寛）

わたしには曙覧の歌も良寛の歌も自然詠の風雅を叙した古今・新古今調の作品におもえる。どこも声調や風雅にちがいはないとしかいえない。また生活の断片のちがいは隠棲の村里と衆庶の街住まいのちがいとしかおもえない。子規がいうのは、数の割合のちがいで、曙覧よりも良寛の方が古今・新古今調の歌の割合がおおいということだろうか。わたしにはそんなことをあげるのは無意味だとおもえる。子規の言い方には、はじめからずっと無理があるような気がしてきた。

わたしは良寛も曙覧も、（そして子規も）江戸期の歌人（その後継者）として、おなじように古今・新古今調をもとにしているとかんがえるのが無理がないとおもえる。ただこの古今・新古今調は中世末とはちがっていた。担い手の武家や僧侶や町衆の生活感性がおのずから町人風にかわっていた。この町人風が歌学を形成できるとすれば俳諧の世界だけだった。支考も芭蕉も、実作と一緒に俳論も手に持つことができた。歌人たちは歌学をつくるほどの規範の世界をもたないといってよかった。もっとちがう言い方をすれば、歌学は解体してそれぞれの歌人たちの心の内部にそれぞれが抱くほかないほどになっていた。それほど生活感性は似たりよったりでも、それぞれは心のなかに歌の道理をもって、それを守るのが精いっぱいだった。

どうすれば短歌（和歌）は近代に生きのびることができるのか。幾分か偏頗《へんぱ》で強引であっても古今・新古今調が短歌（和歌）の普遍的な声調だとおもわれてきた中世以後の習慣的な流れを全否定して、生活写実、事物写生の、ある意味で平板な唯物素材感で、この全否定を象徴させるほかなかったのだとおもえる。この子規の『万葉』にたいする偏頗な理解は、歌学なき江戸期の短歌（和歌）を、明治近代に蘇生させるキイ・ワードとなった。写生、写実、生活事実の強調を万葉という言葉におきかえたのだといってよい。そのために子規の願望に叶う歌人は、中世以後、実朝と曙覧しかのこらずに、あとは全否定の対象になってしまった。

引用歌　曙覧の歌は子規の「曙覧の歌」の引例歌（『歌よみに与ふる書』岩波文庫）

良寛の歌は東郷豊治編著『良寛全集』(東京創元社刊)

江戸期の歌3

1

子規が江戸期の歌とくに、江戸後期になるほど目立ってきた和歌の特色と感じたものは、ひとつは日常茶飯の町人社会の生活がいやおうなく歌の表現のなかに詠み込まれてくることだった。これは歌格も歌の主題も身近なものになったことを意味する。花鳥風月のあわれを詠むとしても内心の抒情を理想的に詠むというより、日常の生活のあいだに出会う自然の風物の動きを即物的に詠むというようになった。子規にはそれが歌格のうえからは平安堂上の歌人たちに比べて卑近な日常化に変化したものとみえた。別の言い方をすれば和歌の声調の解体とみえたといっていい。それとともに日常の生活で出会う事実の重さが内心の抒情にうち克っていくものとおもわれた。この二つの必然的ともいえる近世和歌の変化をうけ入れて和歌の新時代をかんがえるとすれば、ますます事実（事物）の描写をおしすすめることで、ますます歌の表現を身辺にするほかはない。これが子規にとっての写生の根にあるモチーフだった。つまりそれ以外に和歌が新時代に生き延び存続してゆく方向はかんがえられなかった。これは和歌の伝統的な歴史に即していえば、内心の抒情よりも事実（事物）の描写に重きをおいている『万葉』のほうが、堂上歌人たちの抒情である『古今』よりも尊重されなくてはならないという考えに導かれた。ほんとうは『万葉』は子規がかんがえるほど写生に適《かな》い、写生を心がけた和歌だというわけではない。ただ叙事詩が内心の抒情詩よりもいつも先行し、初期にあるものだという詩歌の通則にしたがって事実（事物）の描写に即して表現されているというだけだ。だが子規にとって万葉調の方が古今調よりも事実（事物）描写がおおくみえるということでよかったのだ。

万葉調の意義を子規のように解すれば、堂上歌学から離脱して子規のいう意味の万葉調の歌人は、実朝と曙覧しか残らないことになった。事実（事物）を介して和歌表現をすすめる方法をとる以外に、和歌が明治の新時代（近代）に生き残るすべはないとかんがえた。万葉調の強調をおし出すかぎり、中世から近世にかけての和歌の推移から実朝と曙覧しか拾い出せないとする子規の極論はやむをえないものといえた。

子規の敷いた万葉調の写生や事実（事物）表現の強調を踏襲した斎藤茂吉は、事実（事物）表現を必然的な和歌生き残りの血路とかんがえた上での万葉調の強調を、写生（写実）の理念にまでこしらえ上げようとした。当然茂吉がやろうとしたことは、一つは子規が極論したところを補完して、近世の和歌史の、個々の歌人たちの作品から、万葉調とみてよい作品だけを択び、脈絡を稠密《ちゅうみつ》にして万葉調が作品の流れとして細々ながら各歌人の作品の一部に詠み出されていて、決して絶えていないことを、丹念に拾いあげて、実朝と曙覧にしか万葉調がないわけではないことを示した。茂吉がとりあげた万葉調の例を二、三あげてみると、

日盛《ひざかり》のわら屋の庭は鳥も来ず山繭《まゆ》かふこ薄《うす》ねぶりして　（井上文雄）

岡越の切とほしたるつくりみち卯の花咲けり右にひだりに　（丸山作楽）

相模《さがむ》のやよろぎの磯はうまし磯きよき渚の大いそ小いそ　（僧愚庵）

かぞふれば我も老いたりははそはの母の年より四年老いたり　（福本日南）

打むかふむかひの岡の一つ松爾《なれ》も古りたり我も旧りたり

これらの歌を万葉調というとすれば、これらの歌人たちは、ある時は万葉調あるときは古今調というように、そのときどきの気分でいずれの声調を歌にすることもできたにちがいない。だが茂吉は子規の極論を、万葉調といえば江戸期では橘曙覧だけしか残らないという評価を修正した。どの歌人たちもそれぞれの度合で万葉調といってもよい歌を残して

いると言いたかったにちがいない。実朝の『金槐和歌集』の影響をうけた田安宗武も万葉調であり、賀茂真淵や荷田春満《かだのあずままろ》のような国学者もまた万葉調の歌を実作した。こう考えていけば良寛も万葉調の歌を詠んでいる。これらをすべて拾いあげることで、歌人ではなく、和歌作品について万葉調という概念を言いかえることになった。

もう一つは、子規のように事実（事物）に沿って歌を表現するよりほか新時代の和歌のあるべき姿は描けないから、それを万葉調と呼んだというのではなく、和歌における写実とか写生とかいう概念を積極的に造り出すことが欲求された。茂吉自身が言っているように子規が万葉調という言葉で示唆した実作が、いちばんじぶんに適うようにおもえたから、『赤光』の作風で作品を支えただけだった。だが同時に歌の理論家として写実とか写生とかいう概念を、じぶんの実作と実感を包括するものとして作りあげることを強いられた形になった。茂吉は実感をまじえて、じぶんにとって子規の歌風が入口となったことを、つぎのように述懐している。

『木のもとに臥せる仏《ほとけ》をうちかこみ象蛇どもの泣き居るところ』といふ歌は、仏涅槃図を写生したもので涅槃会雑者のすべてをば、『象蛇どもの泣き居るところ』であらはした。この歌は写生を心がけて居つてもそれに徹せねば出来ようとは思はれない程の歌である。予は稚い頃から涅槃図に親しんでゐたが、竹の里人の此歌を読んだ時、無限の驚嘆をした。そして歌を稽古しようと決心するに至つたのである。その頃は未だ写生などといふことを知らなかつたのであるが、今おもへば、子規の写生能力に驚いたのであつただらう。かういふ能力は竹の里人は俳諧の方から悟入したので、元禄あたりの俳人でも、実に敏く看て確かに写生してゐるのがある。この歌の、『木のもとに臥せる仏をうちかこみ』までは誰でもいふ。『象蛇どもの』になると、さう容易には出来ない。写生を心がけて謙遜してゐるものでなければ出来ない。その象蛇から、直ぐ、『泣き居るところ』と続けたのは写生の行きどころで、かく直接に行くのが写生の一つの特徴である。（斎藤茂吉「短歌に於ける写生の説」）

わたしには実作に則した実感がないから、「象蛇どもの泣き居るところ」という表現が、子規が写生に徹底していたからできたのだといういい方はできない。しかしこの表現が和歌としてまったく新しい表現で、絶妙なものだということはわかる。わたしには子規が写生に徹していたからこんな表現が可能だったのだという茂吉の言い方も納得し難いところがある。茂吉はこの子規の歌を読んで「無限の驚嘆をした」と評価し、それがじぶんが短歌の実作に入る契機になったといっている。わたしは読者あるいは鑑賞者としてやはり茂吉のように「象蛇どもの泣き居るところ」にたいし「無限の驚嘆」を禁じえない。なぜそうおもうのか、一口に言ってみれば仏陀の涅槃《ねはん》図を徹底的に写生しているからだとはおもわない。この下句の転換の仕方に象徴される作者子規の死にたいする無限の悲哀のおもいが「泣き居るところ」という静的な体言止めによって、かえってなまじの主情的な表現よりも深いところから浮びでてくるからだとおもう。いいかえれば徹底的な写生の客観描写としてこの短歌を読むからではなく一見客観描写のようにみえるこの表現が、死にまつわる作者の無量のおもいを浮び上らせるからだとおもえるのだ。

この微妙な思い込み方の違いの問題はもっと引き延ばしてみることができる。茂吉は「写生の成就」のなかでこういうことを言っている。

万葉集の上等な歌になると、これは日本語の存続するかぎり不滅だと謂つていいだらうとおもふが、さてそんならどういふ点が不滅的でどういふ点が亡滅的だかといふことになると、どう解明していいか僕なんかにはよく分からない。

ただ僕がつとめていふなら、万葉集の秀歌は、ごまかしのない『写生』が成就せられてゐるためだらうといふことになる。ここに写生といふのは実地に当つて生《いのち》を写《うつ》すといふことだから、その実行が出来てゐたら、人類のゐるかぎり誰かの生《せい》に共鳴するところがあらねばならぬのである。

（斎藤茂吉「写生の成就」）

よくわからないが無理矢理に言ってみれば、『万葉』のいい歌は「写生」をごまかしなくできているから、日本語があるかぎり不滅なのだと茂吉はいう。その理由は「写生」というのは「実地に当つて生《いのち》を写す」ということだから、それが実際にできているかぎり、人間の生に共鳴するところがあるはずだといわれている。わたしには茂吉の言い分のうち「よく分からない」という方が正確におもえる。『万葉』の歌は「写生」をよくしているからいい作品だなどということは結果から作りあげた見解としても、違う気がする。「写生」ができているからというくらいなら、詩歌としての〈初源〉あるいは〈原型〉的な性格が、音数、リズム、意味の融合性として〈完備〉しているから、いい作品になっているとでもいった方がいいとおもう。いま勝手にひらいた頁から子規や茂吉のいう「写生」にできるだけ叶った不作為の作品をあげてみる。

193　畑子《はたこ》らが夜昼と言はず行く道を　われはことごと宮路にぞする
945　風吹けば波か立たむと　さもらひに都太《つだ》の細江に浦隠りをり
（『万葉集』）

はじめの193は農家の人が夜昼となく畑仕事にゆく道を、じぶんは宮仕への道にしているといっている。945の方は、風が吹いてきて波が荒くなるというので、せまい水路に船を避難させているという作品だ。これが『万葉』のなかで秀歌であるかどうかは確にはいえない。だが万葉調の「写生」歌だということは確かだ。「写生」だからいい作品だというのなら、この作品はいい作品だと文句なくいえるはずだ。そういうとすればどこかに同感できないものが残る。それよりも「写生」であることと作品のよしあしとは『万葉』のなかでも関わりが少いといった方がいいとおもえる。茂吉の言い方には、いやこれらの作品は写実的（事実を写す）であっても事実の核心（「生」）を写しているとはいえないという弁明が成り立つところがあるとしても、それではよく作られた歌はいい歌だという同義反復にしかならない。

実際問題として、これらの作品がポエジーとして成立っていることは、誰もが認めうることに違いない。しかしなぜただ事実そのままを述意としているだけでポエジーが成立っているのかは、茂吉の言葉を借りて「僕なんかにはよく分からない」といった方が正当だとおもえる。そして強いてその根拠をあげなければならないとしたら、いくつかあげられる。一つは音数律とリズムとがそうなった（五七五七七になった）必然性が意味の外の意味と音数とリズム外のリズム効果を与えているからだということになる。敢《あえ》てもう一つあげれば、こういう事実を選択して詠んだということ自体に、現在のわたしたちに何でもない事実の述意とおもえるところにもポエジーの要素があるというべきかもしれない。だがどうかんがえても茂吉のいうように「写生」とかかわる理由をみつけることはできないとおもえる。

わたしは何を言いたいのか。

子規は、やむをえず事実（事物）に即して和歌を表現するという方法は、古典初期の詩歌の手法として無意識の初源にあり、次第に抒情詩的な自然詠に転移していったが、江戸期の日常生活の素材を歌う歌人、橘曙覧などによって、歌を卑近な日常生活の事実（事物）に引き寄せた流れを、万葉調というように言い直せば、明治近代の和歌はその延長の写実性にもとめなければならないとして、『万葉』復興の矢を放った。茂吉は子規が江戸期の歌人に与えた評価、いいかえれば橘曙覧だけしか残らない極論を補完して、江戸期のどんな歌人も詠草のなかにそれぞれの度合で万葉調の和歌があることを掘り出して、近世和歌史の体裁を調え、それと一緒に子規がその場その場で無雑作につかった万葉調とか「写生」「写実」という言葉に積極的な短歌理念を与えようとした。それによって近代短歌の「写生」や「写実」の概念がはじめて確立されたといってよい。茂吉の「写生」説は、子規の写実や写生にたいして深さの概念をつけくわえた。これが近代散文におけるリアリズム作品と同列なところに、短歌表現をもっていった。芥川龍之介の『赤光』にたいする高い評価は、散文家（小説家）のなかにある詩歌観が『古今集』を出ないか芭蕉の近世俳句を出ない常識に衝撃を与えたからである。だが同時に『万葉集』を「写生」や「写実」の概念で理解しようとするアララギ系統の誤解もまた歌人たちのあいだに普遍化していったといいうる。たとえば長塚節の晩年の傑作「鍼の如く」の作品は、この系統の「写生」や「写実」の極致であるようにおもえるが、同時に『万葉集』の「写生」や「写実」にはない空しさ、空白さを感じないわけにはいかない。この誤差はたぶん子規や茂吉が万葉調を「写生」や「写実」に結びつけたことの誤差を象徴するものになっている。

短歌の現在

1

塚本邦雄の最近の歌集『汨羅變《べきらへん》』を読んでいて、壮年期に岡井隆といっしょに前衛短歌の二大支柱だったこの歌人の変と不変について、思わず立ちどまって様々なことを思いめぐらした。

茂吉のいう短歌的声調という概念をせまくとれば、塚本邦雄はその声調を殺して黙劇をもって短歌の本流を創ろうとしたところで先駆的だった。もちろん短歌の音数律もこの歌人によって内在化され、見掛け上はともかくとして本質は音数律も細かく刻まれて独自な自己律に変えてしまった。この特質は今度の『汨羅變』でも不変だといっていいとおもう。この意味では塚本短歌は短歌と呼ばなくても普遍的なポエジーといってよい。

たとえば、

焦眉の問題二つ、飼犬ワグネルの去勢と華鬘草《けまんさう》の株分け
百日紅《さるすべり》をはりの白のうらににごり出雲國《いづものくに》簸川《ひかは》郡斐川《ひかは》町神氷《かんぴ》
一期一會《いちごいちゑ》、二會《にゑ》、三會《さんゑ》はや飽きが來て金木犀が鼻持ちならぬ
（『汨羅變』）

それと分らぬように貫かれた反語、音数からくる声調の扼殺、高踏派的な気勢など、いずれもこの歌人に初期から不変のものにおもえる。にもかかわらず変化しているものの気配は、まちがいなく感じられる。それをやや誇張してとりだせば、

何の因果かブニュエル論を喋くりに雨の松江へ招かれて來た
ほととぎす啼け　わたくしは詩歌てふ死に至らざる病《やまひ》を生きむ
露の夜をしき鳴くあれは「とどめ刺せ、とどめ刺せ」てふ鐵《くろがね》の蟲
（『汨羅變』）

「喋くりに」「招かれて來た」「わたくしは」「とどめ刺せ」など、いわば耳に立つ口語調というか、実感につよく引寄せた主観の表現は、わたしには近来のこの歌人に目立つようにあらわれている特徴とおもえる。これは岡井隆の近作にもおなじようにあらわれてい

る。ひとつは短歌表現が自在になったこれらの歌人の円熟を意味するにちがいない。だがわたしが視ておきたい側面は、ちょうど江戸末期から明治初年の良寛や曙覧や言道や子規のような短歌の変貌の兆しとおなじようなものだということだ。主観は平明な独白にひき寄せられ、歌人の内面は巷でとびかわされる平易な喋り言葉の方へと意識して解体されている。もちろんこの歌人に特有な、それとわからぬような反語はそのまま保たれている。また音数律からくる短歌的声調を安易なものとみなすこの歌人の特質も持続している。おなじような傾向を山中智恵子の近作歌集『玉蜻《たまかぎる》』にも見つけだすことができる。

わが猫に南無三宝と名づけたりゆたかなる尾にゆらぎいでたり
草思舎の草踏みしだき夕焼けて野良大王の国見《くにみ》終んぬ
あかつきは青き扇のいろの夢ゆめまぼろしの傘をささうよ
アメリカン・ショートヘアーの猫がゆく楡の木蔭に佳きことかある　（『玉蜻』）

ここではまだ筆録体の言いまわしは保たれているが、流れている視線の言葉は口語の独り言だ。だがその独り言は会話のように誰か不定の者をあてにして語りかけている。これらの難解なほど短歌の声調を殺してきた歌人の口語にむかう還り道のような平易さに出あうと、誰か映画批評家の口ぐせのように、短歌っていいですねえと言ってみたくなる。それはかつて朔太郎などの晩年の文語詩が一種の回帰（帰りなんいざ）だったのにたいして、古典的な声調と現在の普遍的なポエジーの重層する交響に出あっているようにおもえるからだ。

塚本邦雄や山中智恵子のような無声調の歌人の作品にあらわれている平明さの表現は、たぶん伝統的な短歌声調と口語の喋り言葉とが近接して、区別する境界がなくなっている「現在」ということの兆候を象徴しているのではないかとおもえる。

伝統的な詩歌の定型があり、またそれを破ろうとする反伝統の破調がある、あるいは文語調があり口語調がある、そして中間の折衷があるといった区別と境界が不可能になっている。そしてその不可能は鋭敏な成熟した歌人によってよく自意識化されている、そう思いたい気がする。

2

無理をしていえば塚本、山中両家の歌集に平明な短歌が目立つようにおもえる傾向は、ちがう言い方で平明な口語の喋り口調によって短歌的声調を恢復している作品とみることもできる。だが両歌人のこの傾向を声調への回帰といえないのは、この平明さがいわば往還路の往路ではなく還路の試みのようにおもえるからだ。還路が往路とちがうのはその傾向を歩むことが、往路と響きあう重複声調になっていることだ。

往路として現在の短歌的な声調を平明にした先駆は俵万智の『サラダ記念日』だとおもう。もちろんそのまえに佐佐木幸綱がおり、福島泰樹がいたが、それを『サラダ記念日』の作品は立派な鋪装路にかえたといいうる。鋪装路というのは敷かれた当初に誰も通る人がいなくても、誰にでも通れる路という意味になる。この歌人はなぜ鋪装路をつくれたのだろうか。修辞的な理由や修練のほどはここで言わなくてもいいとおもう。わたしにはこの歌人が恋愛感情を軽くし、性の重荷を軽くする風俗をひとりでに身につけていたからだとおもえる。歌人たちにも歌の読者にも恋愛は重い（とくに女性にとって）、性を自由にするのは重い（とくに女性にとって）という歌人にも歌の読者にもあった（いまもある）定型の重さを軽くする感性を身につけていた。

風俗《くにぶり》の歌や諺によれば「たまきはる　恋」や「露しげき　後朝《きぬぎぬ》」であったものから、この歌人は枕詞を外したのだといってよい。いちばん風俗の現在に近いとみられるこの歌人の作品は、ほんとうは反風俗の言葉を実現していた。近作『チョコレート革命』はこの歌人の反風俗歌（諺）の完成のようにおもえる。

チョコレートとろけるように抱きあいぬサウナの小部屋に肌を重ねて
逢うたびに抱かれなくてもいいように一緒に暮してみたい七月
チョコを買うように少女ら群がりて原宿コンドマニアの灯り

年下の男に「おまえ」と呼ばれいてぬるきミルクのような幸せ

水蜜《すいみつ》桃の汁吸うごとく愛されて前世も我は女と思う

「不器用に俺は生きるよ」またこんな男を好きになってしまえり

（『チョコレート革命』）

「恋愛」と「性」を永続性から切り離したといえば大げさになるが、この歌人の特徴はあくまでも短歌的声調が反風俗歌（諺）的な風俗歌だという点にあるといってよい。詩歌の特質が表現のどこかに、永遠にたいする指向がかくされているとすれば、この歌人の「恋愛」や「性」の表現は徹頭徹尾「現在（いま）」のつづきだといっていい。それは風俗《くにぶり》のこの瞬間を象徴するものになっている。

故郷とは生地にあらず「家族」という花ことば持つ花咲くところ

もう二度と来ないと思う君の部屋　腐らせないでねミルク、玉ねぎ

誰かさんの次に愛され一人より寂しい二人の夜と思えり　（『チョコレート革命』）

この歌人の短歌に永続性（永遠性）があるとすれば、ただひとつだ。それはじぶんを詩人（歌人）とも文学者とも特別な存在ともおもっていないうら若いふつうの女性というよ

うに詩歌の制作を処理しているところだ。いつまでもそうなのか、いずれ歌人という貌《かお》になるのかどうかわからない。だがわたしたちが詩歌の世界を文明史の現在につなげることが大切だとするかぎり、歌人のこの態度は永続的（永遠的）だとおもわれる。そしてこの歌人の作品が短歌の解体的な表現を、短歌的な声調を保ちながら実現している根拠になっているものだ。

対比として山崎方代の口語調の平明な短歌作品をもちだすと、

生れは甲州鶯宿峠に立っているなんじゃもんじゃの股からですよ
ある朝の出来事でしたこおろぎがわが欠け茶碗とびこえゆけり
正月の二日秩父にあらわれて朴の落葉を土産に拾う
もう姉も遠い三途の河あたり小さな寺のおみくじを引く
（『山崎方代全歌集』）

この平明な口語調はどこからきているかといえば、社会のふつうの生活風俗から外れてその外側にいるという意識からきている。良寛の平易さとおなじで、阿羅漢の境位のような、束縛も義務もとり払った自在の心ばえが平易さをもたらしている。いいかえれば方代の平易さは、ほかに短歌表現の根拠になりうる社会風俗をもたないから、じぶんだけの風俗をできるだけ他者に通じやすい平易さで表現して、孤立であることをまぎらわすようすがにしているのだと言おうか。永続性（永遠性）も風俗の現在《いま》もここには二つながら存在しない。それでも何か永続（永遠）に似た感性があるとすれば、じぶんを仏教的な習俗のほうにひき寄せているところからきている。

方代や明治の啄木のもっていた短歌表現の平易さの根拠は、世捨人的と呼んでも外れ者的と呼んでもいいような、形式をもたない風俗の自在さからきている。短歌（和歌）の表現の歴史をたどっても、ごく初期の『万葉』東歌などを除けば、短歌は衆庶の風俗の外にでることはできなかった。その意味では方代の短歌は短歌的な表現のわくを越境した例外的なもので、阿羅漢的な感性をなぞるほかにどこにも坐る場所はなかった。また啄木の短歌は心理のポエジーとしてだけ辛うじて成立つものだった。

平易さを基準にすれば俵万智の短歌もこの系列にあるといってよいとおもう。だが啄木や方代にとって平易さは社会生活のアジールに身を寄せることによってはじめて成立つ平易さだったが、俵万智にとっては身をひそめるアジールは社会生活のなかにはないし、またその必要もない現在の高度な社会に生活している。社会の風俗の真只中にあって反風俗の自在さを表現していることが、そのまま平易さに結びついている。

木に花咲き君わが妻とならむ日の四月なかなか遠くもあるかな　（前田夕暮）

君の好きな曲さえ知らぬ一人《いちにん》が君の新婦となる木の芽どき　（俵万智）

著名な前の歌が率直な風俗《くにぶり》歌だとすれば、後の歌は遺恨やジェラシイを秘めた反風俗《くにぶり》歌だと言えるとおもう。写生も反写生も境界があいまいになった表現領域では、歌格の違いを歌人の資質よりも時代の資質の違いとして見ることができるところがある。前田夕暮の歌は、純朴で率直な風俗《くにぶり》が都市でさえ保たれていた時期の肯定的な歌だ。俵万智の歌は風俗《くにぶり》の固有な習俗が地方からも大都市からも払底してしまって、区別などつかなくなっている現在の反風俗《くにぶり》の歌だ。だがどちらも歌人としてよりも衆庶としてという場所をしっかりと表現している優れた歌におもえる。短歌は平易さ、平明さを軸にして現在の情況の変動といっしょに動くとおもう。そう言わせるものが兆している。

「幻の歌人」が天空から語っている

解説
田中和生

二〇一二年に亡くなった吉本隆明は、一九五〇年代に『固有時との対話』と『転位のための十篇』という詩集で「荒地」派に近い戦後詩人として出発し、一九六〇年代には『言語にとって美とはなにか』や『共同幻想論』といった理論的な書物を完成させ、文学作品について論じる批評家から思想家へと変貌していった。そういう履歴から考えたとき、吉本隆明という文学者と短歌的なものの関係は、かなり不透明だと言わなくてはならない。

なぜなら一九四五年以降の敗戦後の日本では、まずジャンルとしての短歌は桑原武夫が書いた「第二芸術」（一九四六年）や「短歌の運命」（一九四七年）が象徴するように、俳句とならんで一九四五年の敗戦をもたらした、日本の前近代性を意味するものとして厳しく批判されていた。そしてまた、鮎川信夫や田村隆一といった「荒地」派の詩人たちが牽引した戦後詩は、短歌的抒情を全否定した小野十三郎の「奴隷の韻律」論（一九四八年）が広く受け入れられる側面があったことからわかるように、短歌とはかなり遠いところで書かれていたからである。

実際、吉本隆明の批評的な文章で短歌について本格的に論じたものは、一九五七年に「短歌研究」五月号に発表された「前衛的な問題」が最初である。ちょうどそれは、同年に刊行される詩人論『高村光太郎』に収める文章がまとまり、しかし詩人としては「荒地」派に近い場所でうまく詩が書けなくなり、日本の現代詩がもつ問題について考察する文章を発表しながら、鮎川信夫の連作詩「病院船日誌」を「戦後現代詩の記念碑的な作品」と評した「鮎川信夫論」を書いたあとの時期である。

面白いのはその文章が発端となり、敗戦後に寄せられた短歌的なものに対する批判や否定を乗り越えようとする、前衛短歌運動を展開していた歌人のひとりだった岡井隆と論争になったことである。当時の「短歌研究」誌上では、おなじく前衛歌人である塚本邦雄と詩人の大岡信、また寺山修司と嶋岡晨という組み合わせによる論争が行われていたから、おそらく吉本が「前衛的な問題」を書いたのも編集部からの依頼によるのだろう。そしてそれが掲載される「短歌研究」に、同時に吉本を批判する岡井隆の文章が載ることを知らされていたかどうかはわからないが、前年に武井昭夫との共著で『文学者の戦争責任』を刊行し、あちこちで論争を繰りひろげていた吉本がそれを見て黙っているはずがない。すぐ翌月の「短歌研究」六月号に「定型と非定型――岡井隆に応える――」を書いている。

《まだ発表されないわたしの評論にけちをつけて、同時に発表したヒステリイがいたのには驚いた。岡井隆という歌人である。
おもうにこの歌人は、自分の作品を客観的に批評されたことのない温室育ちなため、わたしが「前衛的な問題」を論ずるため典型として挙げた自作の批評に引っかかり、あたかも被害者みたいに錯覚して、論争のルールもしらぬ暴挙に出たのであろう。いやはや、おそれ入った次第である。》

これはその「べらんめえ」調の書き出しだが、それから四十年近く経ったあとに書かれた短歌論『写生の物語』で、吉本隆明が一九九四年に刊行された岡井隆の歌集『神の仕事場』を取り上げ、「短歌史のなかで未踏の領域に達した」（「『神の仕事場』の特性」）と最上級の讃辞を送っていることを考えると、感慨深いものがある。もちろんそれは、まだ第一歌集『斉唱』のみの歌人だった岡井隆が、その後に現在まで長く蓄積してきた足跡の偉大さに応じたものだが、実はそれは戦後詩人として出発して一九九〇年代には思想家と見なされていた吉本隆明の、資質に近い言葉が出てきたものだと見なすこともできる。

というのは、岡井隆との「定型論争」を引き起こした「前衛的な問題」は、短歌について自発的に書かれたものではなかったかもしれないが、その後も吉本は一九七七年に刊行した『初期歌謡論』という、日本の古代における「歌の発生」から平安期ぐらいの和歌の成立までを論じた評論を書いており、二〇〇〇年に刊行された『写生の物語』と合わせて考えると、短歌について語った批評文は初期から晩年近くにいたるまで、たしかに一貫した流れをかたちづくっているからである。そしてその流れは、吉本が私家版で『固有時との対話』と『転位のための十篇』を刊行して戦後詩人となる以前の、たとえば一九四六年に書かれて『抒情の論理』（一九五九年）に収録された詩「異神」に、起源に近いものがあることを確認できる。

その作品は、冒頭に「序曲」として短歌形式の一行があり、次いで「独白」の部が「わたしがそんな歌を唱ったのは空腹なときだった」とはじまる。すぐあとに「貴女はわたしが歌詠みにでもなるのかと思うだろうか」という一節が見えるが、わたしはここにある「歌詠みにでもなる」という言葉を重く見たい。なぜなら吉本隆明にとって、実際にはそうならなかった「歌詠みにでもなる」という選択肢にリアリティがあったと考えなくては、あまりその試みが高く評価されているとは言いがたい『初期歌謡論』や、おそらくそこでの達成を受けて近代以前から現代までにいたる短歌について、実作者以上の透徹した理解を示した『写生の物語』の記述は、ありえなかったと思うからである。

つまり戦後詩人となる以前の吉本には、対の関係で結ばれる可能性のある「貴女」に「歌詠みにでもなる」と思わせる「幻の歌人」とでも言うべき人格が存在したのであり、わたしたちが書き残された言葉から知ることのできる「吉本隆明」は、その「幻の歌人」が消えてしまったところで生まれている。吉本隆明という文学者と短歌的なものの関係が不透明なのは、そのせいである。

＊

ではその「幻の歌人」の作品とは、どんなものか。

わたしたちが活字で読むことのできる吉本隆明の短歌は、一九六四年に刊行されて一九七〇年に増補版が出た『初期ノート』に収められた、創作した年が一九四五年と表示された「短歌四首」がすべてである。

紫陽花のはなのひとつら手にとりて越の立山われゆかんとす
手をとりてつげたきこともありにしを山河も人もわかれてきにけり
しんしんと蒼きが四方にひろごりぬそのはてにこそ懶惰はさびし
さびしけれどその名は言はじ山に来てひかれる峡の雪をし見るも
（『初期ノート』）

吉本が『写生の物語』で、十首もない夏目漱石の短歌を評した言い方に倣えば、これらは「格別の評価をつけられない偶作ばかりだと言えばいえてしまう」。しかしそれ以前の近代短歌と比較するなら、漂泊の生を送りながら自然のなかにいて淋しさや悲しみに染め上げられた「私」の姿を歌い上げた、若山牧水がいちばん近いだろうか。たとえば「いざ行かむ行きてまだ見ぬ山を見むこのさびしさに君は耐ふるや」「海あをくあまたの山等横伏せりわが泣くところいまだ尽くる無し」(『独り歌へる』一九一〇年)や「名も知らぬ山のふもと辺過ぎむとし秋草のはなを摘みめぐるかな」「冬枯の黄なる草山ひとりゆくうしろ姿を見むひともなし」(『路上』一九一一年)といった、若き日の孤独さを若山牧水が自然主義的に強調した短歌表現が示す感受性のなかに、吉本の作品はすっぽり収まっているように見える。

けれどもその「偶作」が重要なのは、それらが一九四五年八月の敗戦前後にだけ現われていることである。一九四五年という年と「越の立山」という言葉から、その「短歌四首」は吉本隆明が勤労動員で富山県魚津市のカーバイド工場にいた、一九四五年五月ごろから八月の敗戦直後までのあいだに作られたものであることがわかる。そしてそこで語られている内容が、おなじ一九四五年に創作された初期詩編二つのうちの一つ「雲と花との告別」(『吉本隆明全詩集』)と重なることから、そこに吉本による敗戦直後の感覚が定着されていることも確かめられる。

だとすればまだ二十歳ほどの吉本隆明にとって、短歌形式は敗戦時に感じた思いをそのまま受け止めてくれる、詩形式とならぶ表現方法の一つだったのであり、だからこそ「異神」の「歌詠みにでもなる」という言葉にはリアリティがあるのである。ではその「幻の歌人」はどうなるのかと言えば、それは戦後詩人としての吉本隆明の定本詩集でもっとも早い時期の作品になる「異神」の冒頭にある、

ひたすらに異神をおいてゆくときにあとふりかえれわがおもう人　（「異神」より）

という短歌形式の一行を最後に残して消える。言い換えれば「歌詠みにでもなる」可能性のあった吉本は、そこで「歌を唱った」自分を包み込んでその自分と引き換えにされる作品を書くことで、戦後詩人としての出発点に立っている。ここで注意する必要があるのは、短歌形式の一行にも入っていて、詩の表題でもある「異神」という言葉である。

こうした言葉遣いの背後にあるのは、仏教文化圏である日本とキリスト教を中心とする欧米の対比と考えてもいいし、天皇が現人神だった戦前の日本と天皇が人間宣言をした戦後日本の違いと考えてもいい。いずれにしても一九四五年の敗戦は、日本の戦争を支持する軍国少年として「戦争に敗けたら、アジアの植民地は解放されないという天皇制ファシズムのスローガンを、わたしなりに信じていた」（『高村光太郎』）という吉本隆明が戦前の日本で信じていたものに代わって、敗戦後の日本へ「異神」を導き入れることになった。だからそこで生きるために、その新しい「異神」を「ひたすらに」「おいてゆく」「わがおもう人」に向かって、吉本はひっそりと「あとふりかえれ」と呟く。

そして吉本が敗戦直後の感覚を託した短歌形式もまた、天皇制に起源をもち勅撰和歌集によって維持されてきた表現様式だという意味で「あとふりかえれ」と呟くものに属しており、いわば吉本はその詩で自らのなかにある「幻の歌人」を相対化して葬り、敗戦後の日本で「異神」に属するヨーロッパの近代詩をモデルとした詩形式の作品を書く主体を成立させている。戦後詩人として出発し、のちに思想家と見なされる吉本隆明は、そこから生まれる。

そこまで短歌的なものとの関係を明らかにしたとき、一九六〇年代以降『言語にとって美とはなにか』からはじまる理論的な著作でヨーロッパの思想と拮抗できるような思想体系を日本語で手に入れようとしてきた吉本が、ようやくモデルとなった西欧近代を相対化できる『母型論』（一九九五年）に結実する視点を手に入れていた一九九〇年代に『写生の物語』で試みようとしていたことは、かなり見えやすくなるはずである。それは一言で言えば、戦後詩のようにヨーロッパの近代詩をモデルとせずに短歌について語り、日本語で自律したポエジーの体系として、その近代以前から現在までにいたる表現の軌跡を解き明かすことである。

近代以降の日本文学は、どうしても西欧近代をモデルとする思考から逃れられないが、それではつねに日本語による詩作品はヨーロッパの近代詩のまがい物であり、日本語では本当の意味で文学を味わうことができないことになる。しかし原理的に言って、言語自体には違いはあっても優劣はないはずであり、だとすれば日本語による短歌は西欧近代から独立したところで、まったく別の原理によって豊かな文学でありうる。

そうして吉本は、ヨーロッパの近代文学をモデルとする「リアリズム」ではなく『万葉集』からつづく「写生」の試みとして歌の歴史を辿り、近代以前の歌人と近代以降の歌人を連続させて語り、リズムとメロディを駆使して日本語の自由さを絶えず更新してきた、現在形の表現様式として短歌を論じる。そこに近代詩的なポエジーとも俳句的なポエジーとも違う、短歌的なポエジーが「写生の物語」のかたちで浮かび上がる。

その途方もない力業は、なんの予備知識もなく、日本語で短歌を味わえることがどれだけ豊かな文学体験であるかを、読者に教えてくれる。かつて吉本が「異神」で葬送した戦前の日本に属する「幻の歌人」が天空から語っているような、本書はそれ自体が日本語として豊かな文学作品である。

年譜

吉本隆明

一九二四年（大正一三年）
一一月二五日、父・順太郎、母・エミの三男として東京市京橋区月島（現・東京都中央区月島）に出生。一家は熊本県天草で造船業・海運業を営んでいたが、第一次大戦後の大正期の恐慌で苦境にたたされ、事業に失敗してこの年の春上京。隆明は母の胎内にあった（のち弟、妹が生まれ兄弟は六人）。一九二八年ころまでに、同区新佃島西町（現・佃二丁目）に転居。小学校入学までに、家業の造船所が月島に再建され、また、貸しボート屋も経営。

一九三一年（昭和六年）　七歳
四月、佃島尋常小学校に入学。

一九三四年（昭和九年）　一〇歳
この年の春から、深川区（現・江東区）門前仲町にある今氏乙治の学習塾「青空塾」に通う。後年、この七年以上にわたる私塾体験は、生涯の「黄金時代」であったと回想。同塾には北村太郎、田村隆一も通っていた。

一九三七年（昭和一二年）　一三歳
四月、東京府立化学工業学校に入学。

一九四〇年（昭和一五年）　一六歳
「このころ幼稚な詩作をはじめた」（自筆年譜）。『昆虫記』に「恐ろしい感動」を覚え、同じ私塾に通う女生徒への恋愛感情を経験。

一九四一年（昭和一六年）　一七歳
同期生と校内誌「和楽路《わらじ》」を発行、随想、

詩、小説を書き、発表し始める。一一月ごろ一家は葛飾区上千葉（現・お花茶屋二丁目）へ転居。一二月、太平洋戦争勃発。東京府立化学工業学校を繰上げ卒業。
一九四二年（昭和一七年）一八歳
四月、米沢高等工業学校（現・山形大学工学部）応用化学科に成績首位で入学。繰上げ卒業までの二年五ヵ月間、学寮生活を送る。
一九四三年（昭和一八年）一九歳
「この土地では書物が間接の師」として、宮沢賢治、高村光太郎、小林秀雄、横光利一、太宰治、保田與重郎らの作品に親しむ。特に賢治に傾倒、「雨ニモマケズ」の詩を紙に墨書し寮の自室天井に貼って眺める。一一月、花巻に賢治ゆかりの人たちや詩碑を訪ねる。初の詩稿集「呼子と北風」に入る詩篇を作る。一二月、次兄・権平が台湾に赴任の途中、飛行機事故で戦死（享年二四）。
一九四四年（昭和一九年）二〇歳
五月、初の詩集『草莽』を私家版発行。九月、米沢工業専門学校（四月に校名改称）を繰上げ卒業。一〇月、東京工業大学電気化学科に面接のみで入学。学業にうちこむ雰囲気になく、自ら「単独の学徒動員」としてミヨシ化学興業の研究室に赴く（翌年三月まで）。その間に徴兵検査（甲種合格）。
一九四五年（昭和二〇年）二一歳
三月、東京大空襲で学習塾教師・今氏乙治死亡。五月ごろ勤労動員で魚津市の日本カーバイト工場に行く。八月、「終戦の詔勅」放送を工場の広場で聞く。敗戦は「リアリスティックな現実認識を学んだ最大の事件」と書く。帰京後、大学で遠山啓《ひらく》助教授の自主講座で「量子論の数学的基礎」を聴講し衝撃を受ける。この年、書き継いできた「宮沢賢治論」が五〇〇枚になる。
一九四六年（昭和二一年）二二歳
七月、詩稿集「詩稿Ⅳ」など多数の詩を書

く。一一月、詩誌「時禱」を荒井文雄と創刊。翌年にかけ、少年期からの精神の軌跡を手記ふうに描いた「エリアンの手記と詩」を書く。

一九四七年（昭和二二年）二三歳

七月、同期生と文芸誌「季節」を創刊、「歎異鈔に就いて」や詩を発表。太宰治の戯曲「春の枯葉」を学内で上演するため許可をもらいに三鷹に太宰を訪問。九月、東京工大を繰上げ卒業。戦後の混乱期で職がなく、石鹼を作る町工場や鍍金《めっき》工場などを転々とする。

一九四八年（昭和二三年）二四歳

一月、姉・政枝死去。三月、「姉の死など」を外部雑誌に初めて寄稿。大阪の詩誌「詩文化」に詩や論考を発表し始める。詩稿集「詩稿X」の一〇四篇を詩作。

一九四九年（昭和二四年）二五歳

一月、諏訪優らと詩誌「聖家族」を創刊。三月、東京工大の特別研究生の試験を受け、無機化学研究室に入る。このころ、聖書をはじめ古典経済学の主著や『資本論』、また西洋の古典文学などを精力的に読む。論考「詩と科学との問題」や初期代表詩「夕の死者」「エリアンの詩」などを書く。

一九五〇年（昭和二五年）二六歳

三〜四月にかけて、思想的原型が凝縮された断簡四五篇の独語集「覚書Ｉ」「箴言Ｉ」、翌々年までに「箴言Ⅱ」を書く。詩は「精神の内閉的な危機」から一行も書けなかったが、八月以降、「日時計篇Ｉ」の詩作に没頭。

一九五一年（昭和二六年）二七歳

三月、東京工大の特別研究生一期二年の課程を修了、研究室を去る。四月、東洋インキ製造に入社。葛飾区青戸工場研究室に勤務。この年、「日時計篇Ⅱ」の詩を書く（ⅠⅡの計が五二八篇、一日一篇以上の詩作となる）。

一九五二年（昭和二七年）二八歳

八月、詩と批評における転機点となる第二詩集『固有時との対話』を私家版発行。この年、「火の秋の物語」「ちひさな群への挨拶」など多数の詩を書く。

一九五三年（昭和二八年）二九歳

三月、青戸工場労組組合長と同社五労組連合会会長に就任。九月、第二詩集『転位のための十篇』を私家版発行。この詩集以後、「その心情のなかにあった論理を唯一絶対の武器として」（鮎川信夫）批評活動に入る。年末、労組の賃金闘争に敗れ組合長と会長を辞任。

一九五四年（昭和二九年）三〇歳

一月、年明け早々、労組執行部らとともに配置転換命令を受け「一人だけの企画課」に配属され、翌週、東京工大への派遣研究員を命じられる。二月、荒地詩人賞受賞。年鑑誌「荒地詩集」に同人参加。六月、奥野健男らと「現代評論」創刊同人。創刊号に吉本思想の原型的な核心が秘められた「反逆の倫理――マチウ書試論」発表。一二月、文京区千駄木に家族から離れ独り住まいとなる（以降、一九六七年までに都内を六回転居）。

一九五五年（昭和三〇年）三一歳

六月、本社への再配属を断り退職、科学技術者の道を「自ら永久に閉ざす」。この年、「高村光太郎ノート」「前世代の詩人たち」の論考で、文学者の戦争責任追及の口火をきる。

一九五六年（昭和三一年）三二歳

失職状態が続き、鮎川信夫の翻訳の下仕事などで食いつなぐ。この年の初めごろ既婚の黒沢和子と出逢い、三角関係で「進退きわまる」。七月、黒沢と同棲（翌年五月入籍）。八月、特許事務所に就職（隔日勤務）。鼎談「芸術運動の今日的課題」で花田清輝と応酬、「花田・吉本論争」の発端となる。九月、第一評論集『文学者の戦争責任』（武井昭夫と共著）刊。

一九五七年（昭和三二年）三三歳

五～八月号の「短歌研究」誌上で岡井隆と応酬。七月、知識人の戦争責任に論及する『高村光太郎』刊。一二月、長女・多子《さわこ》誕生。この年の論考に「戦後文学は何処へ行ったか」「日本近代詩の源流」など。

一九五八年（昭和三三年）　三四歳

一月、代表詩集となる『吉本隆明詩集』（書肆ユリイカ）刊。一一月、「現代批評」を井上光晴、奥野健男らと創刊、「転向論」を発表。この年の論考に「芸術的抵抗と挫折」「『四季』派の本質」「芥川龍之介の死」など。

一九五九年（昭和三四年）　三五歳

一月、花田清輝の吉本批判を契機に、「花田・吉本論争」始まる。二月、評論集『芸術的抵抗と挫折』刊。六月、詩論集『抒情の論理』刊。七月、台東区仲御徒町（現・上野五丁目）に転居。八月、この夏から西伊豆の土肥温泉に一家で滞在し静養。一一月、「社会主義リアリズム論批判」などで、独自の芸術表現論構築へと歩み出す。

一九六〇年（昭和三五年）　三六歳

一月、「戦後世代の政治思想」を発表し衝撃をもって迎えられる。安保改定阻止闘争が全国規模で激化する中、全学連主流派、ブントを支持、六月行動委員会に加わり行動を共にする。五月、評論集『異端と正系』刊。六月一五日、国会構内の抗議集会で演説。翌日未明、警官隊の排除にあって逃げこんだ先の警視庁構内において建造物侵入現行犯で逮捕される（一八日、釈放）。第一回近代文学賞受賞。一〇月、共著『民主主義の神話』刊行、前衛神話や党派性を批判する「擬制の終焉」を発表。

一九六一年（昭和三六年）　三七歳

二月、嶋中事件が起き、「慷慨談―深沢を孤立させておいて何の〝言論の自由〟ぞや」を発表。九月、自立思想・文学創造運動の場として、谷川雁、村上一郎とともに「試行」を創刊、「言語にとって美とはなにか」連載開始。この年、「現代学生論」「何をマルクス主義文学というか」「混迷のなかの指標」を発表、講演に「戦闘の思想的土台をめぐって」など。

一九六二年（昭和三七年）三八歳
一月、「丸山真男論」起稿。サド裁判弁護側証人として東京地裁に出廷する。六月、評論集『擬制の終焉』刊。九月、谷川雁、埴谷雄高らと「自立学校」で情況論を講義。この年の論考に「日本のナショナリズムについて」「戦後文学の転換」「近代精神の詩的展開」など。

一九六三年（昭和三八年）三九歳
一月、書肆ユリイカの校訂版『吉本隆明詩集』（思潮社）刊。三月、タイプ印刷の『丸山真男論』刊。九月以降、「『政治と文学』なんてものはない」などで「政治と文学」論争批判を展開する。一一月、父母の郷里の天草を講演の合間に初めて訪れる。この年、「反安保闘争の悪煽動について」「無方法の方法」「非行としての戦争」「模写と鏡」などを発表。

一九六四年（昭和三九年）四〇歳
五月、「日本読書新聞」が三月に掲載したコラム記事をめぐる右翼団体への同紙の対応に抗議し、谷川雁らと一三名連名で声明を発表、言論界に衝撃が走る（「読書新聞事件」）。六月、「試行」が吉本単独編集となる。試行出版部を創設、『初期ノート』刊。七月、二女・真秀子《まほこ》誕生。一二月、評論集『模写と鏡』刊。同書に詩「佃渡しで」収載。この年の論考に「戦後思想の価値転換とは何か」「日本のナショナリズム」「マルクス紀行」「カール・マルクス」などがある。

一九六五年（昭和四〇年）四一歳
五月、『言語にとって美とはなにかⅠ』刊（Ⅱは一〇月刊）。一一月、長兄・勇死去。この年の論考に「自立の思想的拠点」「6・15事件　思想的弁護論」「鮎川信夫論―交渉史について」など。
一九六六年（昭和四一年）　四二歳
二月、著書『模写と鏡』『高村光太郎』などを手がけた春秋社編集長・岩淵五郎が全日空羽田沖事故で遭難死し、「現存するもっとも優れた大衆が死んだ」と悼む。一〇月、評論集『自立の思想的拠点』刊。一高校と四大学で情況論ほか講演。一一月、「共同幻想論」起稿。一二月、『カール・マルクス』刊。この年、江藤淳との対談「文学と思想」など。
一九六七年（昭和四二年）　四三歳
七月、文京区千駄木に家を購入。九月、初期詩稿や「宮沢賢治論」などが書かれたノート九冊が発見される（のち『初期ノート増補版』に収録）。一〇月以降、共同幻想論はじめ自立思想、詩論などをテーマに一三大学ほかで講演。この年の論考に「島尾敏雄の原像」「沈黙の有意味性について」、インタビュー「表現論から幻想論へ」（のち『共同幻想論』の序になる）、対談に鶴見俊輔との「どこに思想の根拠をおくか」などがある。
一九六八年（昭和四三年）　四四歳
四月、父・順太郎死去。八月、初の講演集『情況への発言』刊。一〇月、『吉本隆明全著作集』全一五巻の刊行開始。一〇月以降、六大学で共同体論や新約聖書などの講演を行なう。一二月、『共同幻想論』刊。個人幻想から共同幻想まで全幻想領域を原理的に論究。
一九六九年（昭和四四年）　四五歳
三月、大学紛争など時代的課題に言及する「情況」起稿。八月、「心的現象論」の総論終了（「試行」次号から各論起稿）。一〇月、一九五六年から隔日勤務の特許事務所を退職し文筆に専念。
一九七〇年（昭和四五年）　四六歳
一一月、六〇年代末の思想潮流に論及した

『情況』刊。三島由紀夫自死。この年の講演に「宗教としての天皇制」「敗北の構造―共同幻想の世界から」「『擬制の終焉』以後十年」「南島論―家族・親族・国家の論理」、江藤淳との対談「文学と思想の原点」などがある。

一九七一年（昭和四六年）　四七歳
五〜六月に講演が集中。演題は政治と文学の問題、共同幻想論、南島論など多岐にわたる。七月、母・エミ死去。八月、『源実朝』刊。九月、総論部分の『心的現象論序説』刊。一二月、「聞書・親鸞」の連載開始。この年の講演に「南島の継承祭儀について」、対談に小川国夫との「家・隣人・故郷」などがある。

一九七二年（昭和四七年）　四八歳
一月、「書物の解体学」の連載開始。二月、連合赤軍事件おこる。五月、対談集『どこに思想の根拠をおくか』刊。一二月、講演集『敗北の構造』刊。この年も多数の講演があり、「谷川雁論―政治的知識人の典型」「家族・親族・共同体・国家」「連合赤軍事件をめぐって」「初期歌謡の問題」などがある。

一九七三年（昭和四八年）　四九歳
五月、天然水が発売され、日本が未知の資本主義段階に突入した象徴の一つと捉え、各論考で言及。この年、鮎川信夫との連続対談「存在への遡行」「情況への遡行」、講演に「古代歌謡論」、また長詩「ある抒情」を発表。

一九七四年（昭和四九年）　五〇歳
五月以降、詩「〈農夫ミラーが云った〉」「〈五月の空に〉」など、詩作を本格的に再開。一〇月、「初期歌謡論」起稿。この年、大岡昇平との対談「詩は行動する」のほか、清岡卓行、小川国夫、大庭みな子らと多数の対談がある。

一九七五年（昭和五〇年）　五一歳

三月、「試行」同人だった村上一郎自刃。四月、『書物の解体学』に続き、六月、対談集『思想の根源から』刊。九月、埴谷雄高との対談集『意識 革命 宇宙』刊。この年の主な対談に橋川文三との「太宰治とその時代」、鶴見俊輔との「思想の流儀と原則」、森山公夫との「精神分裂病とはなにか」など。

一九七六年（昭和五一年）五二歳

一月、鼎談集『思索的渇望の世界』刊。五月、「西行」起稿。「野性時代」に長期にわたる「連作詩篇」を発表。「『死霊』について」を三大学で連続講演。七月以降、『思想の流儀と原則』『討議近代詩史』『知の岸辺へ』の対談・鼎談・講演集を刊行。また「もっとも愛着の深い書」に挙げる『最後の親鸞』刊。この年の論考に「ある親鸞」「親鸞伝説」ほか。

一九七七年（昭和五二年）五三歳

四月、「歳時記」の連載開始。五月、長篇論考の「芥川龍之介における虚と実」発表。六月、古典を土台に言語理論を具体的に展開する『初期歌謡論』刊。この年の論考に「竹内好の死」「法の初源・言葉の初源」、講演に「喩としての聖書」などがある。

一九七八年（昭和五三年）五四歳

九月、以後の宗教論の出発点となる『論註と喩』、次いで『戦後詩史論』刊。一〇月、『吉本隆明歳時記』を刊行、病後の恢復期に、愛好する詩人・作家たちを随想ふうに書く。この年の対談にフーコーとの「世界認識の方法」、樺山紘一との「歴史・国家・人間」など。

一九七九年（昭和五四年）五五歳

一〇月、鮎川信夫との対談集『文学の戦後』刊。一二月、五人の作家の内実で演じられた悲劇を究明する『悲劇の解読』刊。この年の論考に「横光利一論」「『記』『紀』歌謡と『おもろ』歌謡」、佐藤泰正との対談「漱石的て」「〈アジア的〉ということ」など。講演に「シモーヌ・ヴェーユについて」「主題」、講演に「シモーヌ・ヴェーユについて」など。

一九八〇年（昭和五五年）五六歳

三月、文京区本駒込に住宅購入。五月、「試行」で「アジア的ということ」の連載開始。六月、『世界認識の方法』刊。この年の対談に菅谷規矩雄との「表現研究は文学研究たりうるか」、高橋順一との「〈マルクス〉―読みかえの方法」、大西巨人との「〝大小説〟の条件」など。

一九八一年（昭和五六年）五七歳

一月、七〇年代後半の講演録『言葉という思想』刊。五月、「源氏物語論」起稿。七月、鮎川信夫との対談集『詩の読解』『思想と幻想』刊。一二月、大江健三郎らとの講演録『現代のドストエフスキー』刊。この年、寺山修司との「死生の理念と短歌」、小川徹との「最近の映画について」などの対談のほか、「僧としての良寛」「物語の現象論」など講演も多い。

一九八二年（昭和五七年）五八歳

一月、共著『鮎川信夫論吉本隆明論』刊。三月、「マス・イメージ論」起稿。四月、「反核」運動が過熱、「停滞論」ほかの論考で根底的な批判を展開する。「思想読本　親鸞」を責任編集。五月、連載インタビュー「『死』体験の意味」開始。一〇月、『源氏物語論』刊。一二月、「反核」運動の批判論文集『「反核」異論』刊。この年の論考に「ポーランドへの寄与」、江藤淳との対談「現代文学の倫理」など。

一九八三年（昭和五八年）五九歳

三月、二年以上にわたる「大衆文化現考」の新聞掲載開始。五月以降、三対談集『素人の時代』『教育　学校　思想』『相対幻論』刊。この年、「共同幻想とジェンダー」や親鸞、賢治、漱石についての講演が相次ぐ。

一九八四年（昭和五九年）六〇歳

四月、「柳田国男論」を起稿。六月、フーコーが死去し、「ミシェル・フーコーの死」を発表。七月、現在版の『共同幻想論』を論じようとする『マス・イメージ論』刊。八月、大岡昇平・埴谷雄高の対談集『二つの同時代史』中の大岡の発言部分に、事実無根があるとして訂正申入れを行なう。九月、女性誌「an・an」にファッションブランドを着て自宅書斎で撮られた写真が掲載される（のち、埴谷雄高との間でいわゆる「コム・デ・ギャルソン論争」が起きる）。この年の対談に梅原猛との「ロゴスの深海―親鸞の世界」、古井由吉との「現在における差異」などがある。

一九八五年（昭和六〇年）　六一歳

三月、埴谷雄高の「吉本隆明への手紙」に応えて「政治なんてものはない―埴谷雄高への返信」を書き、「埴谷・吉本論争」始まる。六月、『死の位相学』刊。七月、「ハイ・イメージ論」の長期連載開始。八月、対談「全否定の原理と倫理」で鮎川信夫と「ロス疑惑」をめぐって応酬し事実上の訣別となる。九月、評論集『重層的な非決定へ』刊。一〇月、「言葉からの触手」の連載始まる。

一九八六年（昭和六一年）　六二歳

九月、『吉本隆明全集撰』全七巻別巻一の刊行開始（二巻・別巻は未刊で終了）。一二月、六六篇の「連作詩篇」を長篇詩に再構成した『記号の森の伝説歌』刊。この年、佐藤泰正との対談集『漱石的主題』など対談・鼎談集が一〇書に及ぶ。論考に「『アンチ・オイディプス』論」「権力について」のほか、都市論、精神病理など多岐にわたる。

一九八七年（昭和六二年）　六三歳

九月、東京・品川の倉庫で講演と討論のイベント「いま、吉本隆明25時」を三上治、中上健次とともに開催（翌年、記録集刊）。テレビ時評「視線と解体」起稿。一二月、一九五九～八六年の一二四対談を収録した『吉本隆明全対談集』全一二巻の刊行開始。「試行」六七号の「情況への発言」で前年秋から相次いで死去した鮎川信夫、島尾敏雄、磯田光一らを追悼。

一九八八年（昭和六三年）　六四歳

五月、弘前大学での太宰治シンポジウムに出席。一〇月、その記録集『吉本隆明〔太宰治〕を語る』刊。弟・冨士雄、工事中の転落事故がもとで死去。一二月、那覇市でのシンポジウム「琉球弧の喚起力と『南島論』の可能性」に出席（翌年、記録集刊）。この年の対談に小川国夫との「新共同訳『聖書』を読む」、江藤淳との「文学と非文学の倫理」など。

一九八九年（昭和六四年・平成元年）　六五歳

一月、昭和天皇死去し、「最後の偉大な帝王」を書く。四月、『ハイ・イメージ論Ⅰ』刊。六月、断片集『言葉からの触手』、七月、書下ろしの『宮沢賢治』、九月、都市論集『像としての都市』刊。一一月、ベルリンの壁崩壊。この年、昭和天皇論、宮沢賢治論、南島論などの対談、講演がある。

一九九〇年（平成二年）　六六歳

七月、日米構造協議が締結し、アメリカからの「第二の敗戦」として情勢論で論及。日本近代文学館主催「夏の文学教室」で漱石の作品論を講演。九月以降、『解体される場所』『天皇制の基層』『吉本隆明「五つの対話」』『柳田国男論集成』『島尾敏雄』など八書刊行。

一九九一年（平成三年）　六七歳

一月、湾岸戦争が始まる。四月、「わたしにとって中東問題とは」で、湾岸戦争に対しいち早く論及。五月、バブル景気破綻。「ハイ・イメージ論」の連載開始。一二月、ソ連邦消滅。この年、中沢新一との対談「超近代という時代」ほか、多数の講演がある。

一九九二年（平成四年）　六八歳
二月、仏教論・政治思想論としての『良寛』『甦えるヴェイユ』、次いで三月、世界情勢論の『見えだした社会の限界』、世界情勢論の『大情況論』刊。八月、「三木成夫について」で、三木の著書との出会いは「ここ数年のわたしにひとつの事件」と記す。九月、「Bunkamuraドゥマゴ文学賞」の選考委員になる。一〇月、メタローグ主宰「創作学校」で言語論を講義。この年の論考に「おもろさうしとユーカラ」、インタビューに「ポスト消費社会へ突入した日本」「消費資本主義の終焉から贈与価値論へ」、講演「わが月島」「甦えるヴェイユ」など。

一九九三年（平成五年）　六九歳
三月、『追悼私記』刊。四月、情勢論の「社会風景論」連載開始。九月、東京・八重洲ブックセンターで「思想詩人吉本隆明&吉本隆明写真展」が開催され盛況を見る。この年の講演に「三木成夫さんについて」「シモーヌ・ヴェイユの現在」ほか。

一九九四年（平成六年）　七〇歳
一月、梅原猛、中沢新一との連続鼎談「日本人は思想したか」。自伝的エッセイを集成した『背景の記憶』刊。三月、「吉本隆明と時代を読む」のシリーズ講演始まる。一一月、「試行」の「情況への発言」を集成した『情況へ』刊。一二月、「食べものの話」の連載開始。講演集『愛する作家たち』刊。

一九九五年（平成七年）　七一歳
一月、阪神・淡路大震災。二月、谷川雁死去。追悼文「詩人的だった方法」を書く。J・ボードリヤール来日記念講演会で、講演および対談を行なう。三月、地下鉄サリン事件起こる。四月、「写生の物語」の連載開始。七月、講演集『親鸞復興』刊。八月、五年余にわたる「吉本隆明　戦後五十年を語る」の連載が「週刊読書人」で始まる。九月、産経新聞がインタビュー「オウムが問いかけるもの」を四回掲載した後、「吉本隆明氏は間違っている」など、投書を含めた批判記事を連載三回で特集。それに対し知識人・マスコミ・市民主義者などの批判を通してオウム問題の思想的核心部分に論及。一一月、「わたしの主要な仕事の一里塚」と記す評論集『母型論』刊。この年は講演、論考等で大震災とオウム事件に言及するほか、講演「廣松渉の国家論・唯物史観」などがある。

一九九六年（平成八年）　七二歳
三月、インタビュー集『学校・宗教・家族の病理』が、自由価格本への試みとして話題となる。八月、西伊豆の土肥海水浴場で遊泳中に溺れる（東京の病院へ転院加療し、九月一〇日退院）。一〇月、水難事故後、初めての執筆となる「溺体始末記」発表。

一九九七年（平成九年）　七三歳
二月、親子対談集『吉本隆明×吉本ばなな』刊。埴谷雄高死去。四月、「埴谷雄高さんの死に際会して」を書く。六月、『僕ならこう考える』『大震災・オウム後　思想の原像』刊。一二月、「試行」が七四号をもって終刊。

一九九八年（平成一〇年）　七四歳
一月、「試行」の終刊にあたり直接購読者に書下ろしの『アフリカ的段階について』を贈呈。同書で「アフリカ的」概念を提起し史観を拡張しようとする。九月、自伝的な『父の像』刊。和子夫人が句集『寒冷前線』上梓。一二月、ウェブサイト「ほぼ日刊イトイ新聞」が糸井重里のインタビューによる「吉本談話コーナー」を開設し、随時掲載。この年、講演「日本アンソロジーについて」など。

一九九九年（平成一一年）　七五歳
三月、講義録の『詩人・評論家・作家のための言語論』刊。五月、自らの少年期を語る『少年』刊。七月、江藤淳自死。「江藤淳記」

や談話「江藤さんの特異な死」ほかで追悼。一〇月、インタビュー「古典を読む」シリーズ開始。この年の主な対談に山折哲雄との「親鸞、そして死」、インタビューに「贈与の新しい形」などがある。

二〇〇〇年（平成一二年）　七六歳

三月、『吉本隆明資料集』の刊行開始。四月、「吉本隆明が読む近代日本の名作」が毎日新聞で、「吉本隆明TVを読む」が朝日新聞で連載開始。一〇月、三好春樹との対談集『〈老い〉の現在進行形』刊。一二月、「週刊読書人」の長期連載インタビュー『吉本隆明が語る戦後55年』全一二巻別巻一の刊行開始。

二〇〇一年（平成一三年）　七七歳

三月、『幸福論』、四月、『日本近代文学の名作』刊。六月、人生相談スタイルの談話集『悪人正機』、講演集『心とは何か　心的現象論入門』刊。九月、アメリカで同時多発攻撃事件発生。『今に生きる親鸞』刊。CD、ビデオによる『吉本隆明全講演ライブ集』の刊行始まる。この年の論考に「詩学叙説」「同時多発テロと戦争」などがある。

二〇〇二年（平成一四年）　七八歳

二月、「情況への発言」と「〈アジア的〉」についての論考・講演を『ドキュメント吉本隆明1』に発表。四月、談話構成の「吉本隆明が読む現代日本の詩歌」を毎日新聞で連載。この年、『老いの流儀』『超「戦争論」』『夏目漱石を読む』『ひきこもれ』ほか刊行。対談に加藤典洋との「存在倫理について」、インタビューに「私の文学―批評は現在をつらぬけるか」などがある。

二〇〇三年（平成一五年）　七九歳

四月、『現代日本の詩歌』刊。七月、単行本未収録の詩篇も収めた『吉本隆明全詩集』刊。九月、『夏目漱石を読む』で小林秀雄賞、『吉本隆明全詩集』で藤村記念歴程賞を受賞。荒地詩人賞（一九五四年）、近代文学賞（一九六〇年）以来の受賞となる。一二月、森山公夫との対談集『異形の心的現象』刊。この年、中沢新一著『チベットのモーツァルト』の解説、檀一雄著『太宰と安吾』の解説、片島紀男著『悲しい火だるま　評伝・三好十郎』の序文「三好十郎のこと」、「折口信夫のこと」などの論考がある。

二〇〇四年（平成一六年）八〇歳

一月、情勢論『「ならずもの国家」異論』刊。二月、下血で日本医科大学付属病院に入院。初期癌が発見され摘出手術（三月半ばまで入院）。七月、入院中に構想した漱石の二つの旅を読み解く『漱石の巨きな旅』刊。一〇月、インタビュー「吉本隆明　自作を語る」の長期連載が「SIGHT」で始まる。

二〇〇五年（平成一七年）八一歳

二月、江藤淳の自死から五年、田中和生のインタビュー「江藤淳よ、どうしてもっと文学に生きなかったのか」。三月、書下ろしの『中学生のための社会科』刊。六月、芹沢俊介との対談集『幼年論』刊。一二月、「Coyote」がインタビュー記事と写真で「吉本隆明翁に会いに行く。」を特集。

二〇〇六年（平成一八年）八二歳

一月、評論集『詩学叙説』刊。五月、自らの老いた肉体と精神を考古学的に掘りさげたという『老いの超え方』刊。一二月、「iichiko文化学賞」を故ミシェル・フーコーと同時受賞。この年、一九六〇年代末の全共闘運動について語った「教育改革運動だった」、インタビュー「吉本隆明、大病からの復活」、青年期に読んだ本の中で「心の一冊」として挙げたエッセイ「心身健康な時期の太宰治『富嶽百景』」などがある。

二〇〇七年（平成一九年）八三歳

一月、エッセイ「おいしく愉しく食べてこそ」の連載始まる。一〇年前から解題アンソロジーとして書きとめてきたという『思想のアンソロジー』刊。二月、『真贋』刊。六月、未刊行だった『心的現象論』（本論）が初の単行本化（オンデマンド出版）、『吉本隆明 自著を語る』刊。この年のインタビューに「『心的現象論』を書いた思想的契機」「秋山清と〈戦後〉という場所」、糸井重里との対談「僕たちの親鸞体験」、野村喜和夫らとの鼎談「日本語の詩とはなにか」、講演「日本浄土系の思想と意味」などがある。

二〇〇八年（平成二〇年）　八四歳

七月、一般書籍版の『心的現象論本論』刊。「これまでの仕事を一つにつなぐ話をしてみたい」として七月と一〇月、「芸術言語論―沈黙から芸術まで」の講演を二回行なう。一一月、『「芸術言語論」への覚書』刊。この年、中沢新一との対談「『最後の親鸞』からはじまりの宗教へ」、談話に「『蟹工船』と新貧困社会」、「昭和　忘れえぬあの一瞬」を書いたエッセイに「一九四五年八月十五日のこと」などがある。また、五〇講演ほか収録のCDセット『吉本隆明　五十度の講演』やCDブック、DVDなどが発売される。

二〇〇九年（平成二一年）　八五歳

一月、NHKが前年七月の講演を中心にした「吉本隆明語る―沈黙から芸術まで」を放映。六月、『吉本隆明　全マンガ論』刊。現代詩手帖創刊50年祭「これからの詩どうなる」で講演。九月、第一九回「宮沢賢治賞」受賞（花巻市で授賞式）。同時に記念講演を行なう。この年は、インタビューに「文学の芸術性」「吉本隆明さん、今、死をどう考えていますか？」「天皇制・共産党・戦後民主主義」、談話「追悼・内村剛介さん　国家や主義に同化せず」「身近な良寛」ほかがある。

二〇一〇年（平成二二年）　八六歳

二月、「BRUTUS」の「吉本隆明特集」掲載を機に大型書店が共同で大規模なブックフェア企画を立て「最大の吉本隆明フェア」を開催。五月、「試行」創刊当初からの寄稿者で文芸評論家・梶木剛が死去。九月には第一評論集『文学者の戦争責任』の共著者・武井昭夫が死去。一〇月、中学生への「講義録」構成による『ひとり15歳の寺子屋』刊。この年も談話、インタビュー中心に精力的に文学論、情勢論に言及。談話に「やっぱり詩が一番」、「竹内好生誕百年」にちなむ「日本の中国認識高めた思想家」、対談によしもとばななとの「書くことと生きることは同じじゃないか」、インタビューに「資本主義の新たな段階と政権交代以後の日本の選択」「詩と境界 中也詩、賢治詩をめぐって」などがある。

二〇一一年（平成二三年） 八七歳

三月一一日、東日本大震災、次いで福島原発事故が発生。史上空前の大災害につき、五月以降、文明史、人類史の視点から談話およびインタビューに応えて独自の基本的な認識を展開する。談話では「精神の傷の治癒が最も重要だ」、インタビューに「科学技術に退歩はない」「科学に後戻りはない」など。その間の六月に、寵愛していた猫が急逝し喪失感にさいなまれる。一〇月、江藤淳との全対談集成『文学と非文学の倫理』、一一月、「試行」に発表し全一冊本となった『完本 情況への発言』が刊行される。

二〇一二年（平成二四年）

一月、福島原発事故による被害拡大で反原発・脱原発が声高に叫ばれるなか、週刊誌が『「反原発」で猿になる！ 吉本隆明の遺言』のタイトルで原発問題についての談話を掲載。この発言に対し、懇意の文学者はじめ知識人などからの批判にさらされる。その渦中の二二日、風邪と誤嚥性肺炎の疑いで発熱し、救急車で日本医科大学付属病院に搬送され緊急入院。家族の話では二月に入り間欠的な高熱に見舞われ、黄色ブドウ球菌感染症の治療が施される。三月に入っても容態は一進一退が続く中、一六日午前二時一三分に他界した。死因は肺炎とされる。八七歳と三ヵ月余であった。一七、一八日、菩提寺の築地本願寺和田堀廟所で通夜・葬儀。法名・釋光隆。会葬者によると身内のみの「質素な葬儀であった」という。同日は石川九楊との対談集『書 文字 アジア』の発売日であった。一〇月には和子夫人が老衰のため自宅で死去する（享年八五）。

「吉本隆明の死」は衝撃をもって迎えられ、全国紙は一面と社会面トップで訃報を報じる。各メディアの第一報は「市井に生きた知の巨人」「戦後思想に多大な影響」「大衆に寄り添った巨星」「沖縄問題 心寄せた論客」等々であった。その後も各紙の追悼記事が掲載され、次いで「吉本隆明追悼特集」が文芸誌や総合誌、同人誌、書評紙で編まれ、遺作の上梓も相次ぐ。

吉本隆明が遺した最晩年までの著書は三五〇を超え、文庫・全集・選集などを加えると優に七〇〇以上の著作物が数えられる。死後に上梓された主な著書を挙げると、茂木健一郎と六年前に行なわれた対談の『「すべてを引き受ける」という思想』、宮沢賢治について三十数年にわたる全講演を収録し、「もうひとつの賢治論」としての『宮沢賢治の世界』、多岐にわたるテーマを語り下ろした『第二の敗戦期』、「吉本隆明、自著を語る」の集成版である『吉本隆明が最後に遺した三十万字（上下）』、愛猫フランシス子のことを丸々一冊分語った『フランシス子へ』、生前最後に食の話を自筆連載し、長女・ハルノ宵子が四十話の各エッセイに対応させて追想文を綴った『開店休業』、『「反核」異論』以後の科学技術と原発についてのすべてを収めた『「反原発」異論』、そして吉本思想の根幹を集積した『アジア的ということ』や『共同幻想論』の展開の一つとしての『全南島論』がある。『全南島論』の「まえがき」は生前の一一年前に「あとがき」とともに執筆され、直筆の遺稿となる。さらにこれまで単行本未収録だった講演が掘り起こされ、『吉本隆明〈未収録〉講演集』全一二巻に結実している。

現在、編年構成による『吉本隆明全集』全三八巻別巻一が順次刊行中であり、未踏の領域を切りひらいてきた吉本隆明のもう一つ別の世界、「異数の世界」への越境が始まろうとしている。

本年譜作成にあたっては、石関善治郎・齋藤愼爾・斎藤清一・宿沢あぐり・松岡祥男各氏、および故・川上春雄氏の各種資料なども参照、ご協力をいただいた。

（高橋忠義編）

著書目録

吉本隆明

【単行本】

固有時との対話　昭27・8　私家版
転位のための十篇　昭28・9　私家版
文学者の戦争責任＊　昭31・9　淡路書房
高村光太郎　昭32・7　飯塚書店
吉本隆明詩集　昭33・1　書肆ユリイカ
高村光太郎　昭33・10　五月書房
芸術的抵抗と挫折　昭34・2　未来社
抒情の論理　昭34・6　未来社
異端と正系　昭35・5　現代思潮社
民主主義の神話＊　昭35・10　現代思潮社
共同研究　転向（下）＊　昭37・4　平凡社
擬制の終焉　昭37・6　現代思潮社
吉本隆明詩集　昭38・1　思潮社
丸山真男論　昭38・3　一橋新聞部
丸山真男論　増補改稿版　昭38・4　一橋新聞部
サド裁判（上）＊　昭38・9　現代思潮社
初期ノート　昭39・6　試行出版部
模写と鏡　昭39・12　春秋社
言語にとって美とはなにか（I、II）　昭40・5、10　勁草書房
高村光太郎　決定版　昭41・2　春秋社
自立の思想的拠点　昭41・10　徳間書店
カール・マルクス　昭41・12　試行出版部
文学と思想＊　昭42・7　河出書房新社
吉本隆明詩集　昭43・4　思潮社（現代詩文庫）
情況への発言☆　昭43・8　徳間書店
模写と鏡　増補版　昭43・11　春秋社

共同幻想論　昭43・12　河出書房新社
高村光太郎　増補決定版　昭45・8　春秋社
初期ノート　増補版　昭45・8　試行出版部
情況　昭45・11　河出書房新社
転位と終末＊　昭46・1　明治大学出版研究会
源実朝　昭46・8　筑摩書房
心的現象論序説　昭46・9　北洋社
どこに思想の根拠をおくか＊　昭47・5　筑摩書房
敗北の構造☆　昭47・12　弓立社
和歌の本質と展開＊　昭48・4　桜楓社
詩的乾坤　昭49・9　国文社
文学・石仏・人性＊　昭49・11　記録社
書物の解体学　昭50・4　中央公論社
思想の根源から＊　昭50・6　青土社
意識　革命　宇宙＊　昭50・9　河出書房新社
吉本隆明新詩集　昭50・11　試行出版部
思索的渇望の世界＊　昭51・1　中央公論社
思想の流儀と原則＊　昭51・7　勁草書房
討議近代詩史＊　昭51・8　思潮社
知の岸辺へ☆　昭51・9　弓立社
呪縛からの解放＊　昭51・10　こぶし書房
最後の親鸞　昭51・10　春秋社
初期歌謡論　昭52・6　河出書房新社
論註と喩　昭53・9　言叢社
戦後詩史論　昭53・9　大和書房
吉本隆明歳時記　昭53・10　日本エディタースクール出版部
ダーウィンを超えて＊昭53・12　朝日出版社
対談　文学の戦後＊　昭54・10　講談社
悲劇の解読　昭54・12　筑摩書房
初源への言葉　昭54・12　青土社
親鸞は生きている＊☆昭55・4　現代評論社
世界認識の方法　昭55・6　中央公論社
言葉という思想☆　昭56・1　弓立社
心的現象論序説　新装版　昭56・5　講談社
詩の読解＊　昭56・7　思潮社

思想と幻想＊　昭56・7　思潮社
最後の親鸞　増補　昭56・7　春秋社
吉本隆明新詩集　第二版　昭56・11　試行出版部
現代のドストエフスキー＊☆　昭56・12　新潮社
鮎川信夫論吉本隆明論＊　昭57・1　思潮社
空虚としての主題　昭57・4　福武書店
源氏物語論　昭57・10　大和書房
「反核」異論　昭57・12　深夜叢書社
素人の時代＊　昭58・5　角川書店
教育　学校　思想＊　昭58・7　日本エディタースクール出版部
相対幻論＊　昭58・10　冬樹社
戦後詩史論　増補　昭58・10　大和書房
〈信〉の構造　吉本隆明全仏教論集成　昭58・12　春秋社
最後の親鸞　新装増補　昭59・4　春秋社
マス・イメージ論　昭59・7　福武書店
親鸞　不知火よりのことづて＊☆　昭59・10　日本エディタースクール出版部
大衆としての現在　昭59・11　北宋社
戦後詩史論　増補　昭59・11　大和書房（大和選書）
隠遁の構造☆　昭60・1　修羅出版部
対幻想＊　昭60・1　春秋社
現在における差異＊　昭60・1　福武書店
死の位相学　昭60・6　潮出版社
重層的な非決定へ　昭60・9　大和書房
難かしい話題＊　昭60・10　青土社
吉本隆明ヴァリアント＊　昭60・11　北宋社
全否定の原理と倫理＊　昭60・11　思潮社
音楽機械論＊　昭61・1　トレヴィル
遊びと精神医学＊　昭61・1　創元社
恋愛幻論＊　昭61・2　角川書店
さまざまな刺戟＊　昭61・5　青土社

思想の流儀と原則　昭61・6　勁草書房
　増補新装版＊
不断革命の時代＊　昭61・7　河出書房新社
対話　日本の原像＊　昭61・8　中央公論社
白熱化した言葉☆　昭61・10　思潮社
〈知〉のパトグラフィ　昭61・10　海鳴社
　ー＊
対話　都市とエロス＊　昭61・11　深夜叢書社
漱石的主題＊　昭61・12　春秋社
記号の森の伝説歌　昭61・12　角川書店
夏を越した映画　昭62・6　潮出版社
よろこばしい邂逅＊　昭62・10　青土社
超西欧的まで☆　昭62・11　弓立社
いま、吉本隆明25時　昭63・2　弓立社
　＊☆
人間と死＊　昭63・6　春秋社
吉本隆明〔太宰治〕　昭63・10　大和書房
　を語る＊☆
〈信〉の構造（2）　昭63・12　春秋社
　吉本隆明全キリスト教
　論集成
〈信〉の構造（3）　平1・1　春秋社
　吉本隆明全天皇制・宗
　教論集成
書物の現在＊☆　平1・2　書肆風の薔薇
〈信〉の構造（1）　平1・2　春秋社
　吉本隆明全仏教論集成
ハイ・イメージ論（Ⅰ）平1・4　福武書店
言葉からの触手　平1・6　河出書房新社
琉球弧の喚起力と南　平1・7　河出書房新社
　島論＊☆
宮沢賢治　平1・7　筑摩書房
像としての都市　平1・9　弓立社
ハイ・イメージ論（Ⅱ）平2・4　福武書店
定本　言語にとって美　平2・8、9　角川書店
　とはなにか（Ⅰ、Ⅱ）　（角川選書）
解体される場所＊　平2・9　集英社
天皇制の基層＊　平2・9　作品社
未来の親鸞☆　平2・10　春秋社

吉本隆明「五つの対話」＊　平2・10　新潮社
ハイ・エディプス論　平2・10　言叢社
柳田国男論集成　平2・11　ＪＩＣＣ出版局
島尾敏雄　平2・11　筑摩書房
情況としての画像　平3・6　河出書房新社
良寛☆　平4・2　春秋社
甦えるヴェイユ　平4・2　ＪＩＣＣ出版局
見えだした社会の限界　平4・2　コスモの本
大情況論　平4・3　弓立社
新・書物の解体学　平4・9　メタローグ
追悼私記　平5・3　ＪＩＣＣ出版局
時代の病理＊　平5・5　春秋社
世界認識の臨界へ　平5・9　深夜叢書社
こころから言葉へ＊　平5・11　弘文堂
〈非知〉へ＊　平5・12　春秋社
背景の記憶　平6・1　宝島社
ハイ・イメージ論（Ⅲ）　平6・3　福武書店
思想の基準をめぐって　平6・7　深夜叢書社
情況へ　平6・11　宝島社
対幻想　新装増補＊　平6・12　春秋社
現在はどこにあるか　平6・12　新潮社
愛する作家たち☆　平6・12　コスモの本
戦後50年と私＊　平7・1　メタローグ
手塚治虫がいなくなった日＊　平7・1　潮出版社
詩の新世紀＊　平7・1　新潮社
対幻想［平成版］＊　平7・2　春秋社
マルクス　読みかえの方法　平7・2　深夜叢書社
わが「転向」　平7・2　文藝春秋
なぜ、猫とつきあうのか　平7・3　ミッドナイト・プレス
日本人は思想したか＊　平7・6　新潮社

世紀末を語る＊　平7・6　紀伊國屋書店
親鸞復興☆　平7・7　春秋社
余裕のない日本を考える　平7・10　コスモの本
超資本主義　平7・10　徳間書店
母型論　平7・11　学習研究社
親鸞　不知火よりのことづて＊　平7・11　平凡社
定本　柳田国男論　平7・12　洋泉社
尊師麻原は我が弟子にあらず＊　平7・12　徳間書店
死のエピグラム＊　平8・2　春秋社
学校・宗教・家族の病理　平8・3　深夜叢書社
世紀末ニュースを解読する　平8・3　マガジンハウス
吉本隆明の文化学＊　平8・6　文化科学高等研究院出版局
消費のなかの芸　平8・7　ロッキング・オン
宗教の最終のすがた＊　平8・7　春秋社
ほんとうの考え・うその考え☆　平9・1　春秋社
吉本隆明×吉本ばなな＊　平9・2　ロッキング・オン
僕ならこう考える　平9・6　青春出版社
思想の原像　平9・6　徳間書店
夜と女と毛沢東＊　平9・6　文藝春秋
追悼私記　増補　平9・7　洋泉社
新・死の位相学　平9・8　春秋社
食べものの話　平9・12　丸山学芸図書
アフリカ的段階について（私家版）　平10・1　試行社
遺書　平10・1　角川春樹事務所
アフリカ的段階について　平10・5　春秋社
創作のとき＊　平10・7　淡交社
父の像　平10・9　筑摩書房

宗教論争＊ 平10・11 小沢書店
ミシェル・フーコーと『共同幻想論』＊ 平11・3 光芒社
詩人・評論家・作家のための言語論 平11・3 メタローグ
匂いを讀む 平11・4 光芒社
少年 平11・5 徳間書店
現在をどう生きるか ＊☆ 平11・7 ボーダーインク
僕なら言うぞ！ 平11・9 青春出版社
私の「戦争論」＊ 平11・9 ぶんか社
背景の記憶 平11・11 平凡社
親鸞 決定版 平11・12 春秋社
私は臓器を提供しない＊ 平12・3 洋泉社
中学生の教科書＊ 平12・6 四谷ラウンド
写生の物語 平12・6 講談社
だいたいで、いいじゃない。＊ 平12・7 文藝春秋
超「20世紀論」（上、下）＊ 平12・9 アスキー
〈老い〉の現在進行形＊ 平12・10 春秋社
幸福論 平13・3 青春出版社
日本近代文学の名作 平13・4 毎日新聞社
悪人正機＊ 平13・6 朝日出版社
心とは何か☆ 平13・6 弓立社
死の準備＊ 平13・7 洋泉社
今に生きる親鸞 平13・9 講談社
食べもの探訪記（『食べものの話』改題、増補改訂） 平13・11 光芒社
読書の方法 平13・11 光文社
吉本隆明のメディアを疑え 平14・4 青春出版社
老いの流儀 平14・6 日本放送出版協会
超「戦争論」（上、下）＊ 平14・11 アスキーコミュニケーションズ

夏目漱石を読む☆　平14・11　筑摩書房
ひきこもれ　平14・12　大和書房
わたしの詩歌＊　平14・12　文藝春秋
日々を味わう贅沢　平15・2　青春出版社
現代日本の詩歌　平15・4　毎日新聞社
異形の心的現象＊　平15・12　批評社
「ならずもの国家」異論　平16・1　光文社
人生とは何か　平16・2　弓立社
母型論　新版　平16・4　思潮社
吉本隆明代表詩選　平16・4　思潮社
漱石の巨きな旅　平16・7　日本放送出版協会
戦争と平和☆　平16・8　文芸社
超恋愛論　平16・9　大和書房
際限のない詩魂　平17・1　思潮社
中学生のための社会科　平17・3　市井文学
吉本隆明「食」を語る＊　平17・3　朝日新聞社
歴史としての天皇制＊　平17・4　作品社
吉本隆明歳時記　新版　平17・5　思潮社
戦後詩史論　新版　平17・5　思潮社
幼年論＊　平17・6　彩流社
時代病＊　平17・7　ウェイツ
子供はぜーんぶわかってる＊　平17・8　批評社
13歳は二度あるか　平17・9　大和書房
詩学叙説　平18・1　思潮社
家族のゆくえ　平18・3　光文社
詩とはなにか　平18・3　思潮社
還りのことば＊　平18・5　雲母書房
老いの超え方　平18・5　朝日新聞社
甦るヴェイユ　平18・9　洋泉社
思想とはなにか＊　平18・10　春秋社
生涯現役＊　平18・11　洋泉社
思想のアンソロジー　平19・1　筑摩書房
真贋　平19・2　講談社インターナショナル

心的現象論 普及版・机上愛蔵版（オンデマンド出版）　平19・6　文化学院高等研究院出版局
吉本隆明 自著を語る　平19・6　ロッキング・オン
よせやぃ。　平19・9　ウェイツ
「情況への発言」全集成（1、2、3）　平20・1、3、5　洋泉社
日本語のゆくえ　平20・1　光文社
心的現象論本論　平20・7　文化科学高等研究院出版局
心的現象論 愛蔵版　平20・8　文化科学高等研究院出版局
「芸術言語論」への覚書　平20・11　李白社
貧困と思想　平20・12　青土社
源氏物語論　平21・3　洋泉社
吉本隆明 全マンガ論　平21・6　小学館クリエイティブ
異形の心的現象 新装増補改訂版＊　平21・9　批評社
ひとり 15歳の寺子屋　平22・10　講談社
老いの幸福論（『幸福論』改題）　平23・4　青春出版社
文学と非文学の倫理＊　平23・10　中央公論新社
完本 情況への発言　平23・11　洋泉社
吉本隆明が語る親鸞（DVD-ROM付き）　平24・1　東京糸井重里事務所
芸術的抵抗と挫折　平24・2　こぶし書房
書 文字 アジア＊　平24・3　筑摩書房
震災後のことば＊　平24・4　日本経済新聞出版社
「すべてを引き受ける」という思想＊　平24・6　光文社
宮沢賢治の世界☆　平24・8　筑摩書房
吉本隆明の下町の愉しみ（『日々を味わ　平24・9　青春出版社

う贅沢』改題)
第二の敗戦期　平24・10 春秋社
吉本隆明が最後に遺した三十万字(上、下)　平24・12 ロッキング・オン
フランシス子へ　平25・3 講談社
開店休業＊　平25・4 プレジデント社
はじめて読む聖書＊　平26・8 新潮社
吉本隆明の経済学＊　平26・10 筑摩書房
人生を考えるのに遅すぎるということはない＊　平26・11 講談社
「反原発」異論　平27・1 論創社
農業論拾遺＊　平27・2 修羅出版部
吉本隆明　最後の贈りもの　平27・4 潮出版社
思想を読む　世界を読む＊　平27・7 文化科学高等研究院出版局
思想の機軸とわが軌跡＊　平27・7 文化科学高等研究院出版局
アジア的ということ　平28・3 筑摩書房
全南島論　平28・3 作品社

【全集・シリーズ】

吉本隆明全著作集　全15巻　昭43・10〜50・12 勁草書房
吉本隆明全著作集(続)　6、8、10巻　昭53・4〜12 勁草書房
吉本隆明全集撰　1、3〜7巻　昭61・9〜63・4 大和書房
吉本隆明全対談集　全12巻　昭62・12〜平1・5 青土社
吉本隆明資料集　1〜163集刊行、以後続刊中　平12・3〜29・3 猫々堂
吉本隆明が語る戦後55年＊　全12巻・別巻1　平12・12〜15・7 三交社

吉本隆明全詩集　全1巻　平15・7　思潮社

吉本隆明詩全集　全7巻　平18・11～20・6　思潮社

吉本隆明全集　全38巻・別巻1（1～12巻刊行、以後続刊中）　平26・3～28・12　晶文社

吉本隆明〈未収録〉講演集　全12巻　平26・12～27・11　筑摩書房

【文庫】

書物の解体学　昭56・12　中公文庫

共同幻想論　改訂新版　昭57・1　角川文庫
（解＝中上健次　解題＝川上春雄）

言語にとって美とはなにか（I）　改訂新版　昭57・2　角川文庫

言語にとって美とはなにか（II）　改訂新版　昭57・2　角川文庫
（解＝柄谷行人　解題＝川上春雄）

心的現象論序説　改訂新版　昭57・3　角川文庫
（解＝森山公夫　解題＝川上春雄）

世界認識の方法　昭59・2　中公文庫
（解＝栗本慎一郎）

相対幻論＊　昭60・6　角川文庫

悲劇の解読　昭60・12　ちくま文庫
（解＝加藤典洋　年）

空虚としての主題　昭61・1　福武文庫
（解＝笠井潔）

マス・イメージ論　昭63・5　福武文庫
（解＝浦達也）

対話　日本の原像＊　平1・9　中公文庫

源実朝　平2・1　ちくま文庫

西行論　平2・2　講談社文芸文庫
（解＝月村敏行）

案＝佐藤泰正 著）
マチウ書試論・転向論　平2・10　講談社文芸文庫
（解＝月村敏行
案＝梶木剛 著）
高村光太郎　平3・2　講談社文芸文庫
（解＝北川太一
案＝月村敏行 著）
吉本隆明歳時記　平4・1　廣済堂文庫
（解＝大西巨人）
源氏物語論　平4・6　ちくま学芸文庫
吉本隆明初期詩集　平4・10　講談社文芸文庫
（解＝吉本隆明
案＝川上春雄 著）
ハイ・イメージ論　平6・2　福武文庫
（I、II）
（解＝芹沢俊介）
初期歌謡論　平6・6　ちくま学芸文庫
語りの海　吉本隆明　平7・3　中公文庫
①幻想としての国家☆
（解題＝宮下和夫）
語りの海　吉本隆明　平7・4　中公文庫
②古典とはなにか☆
（解題＝宮下和夫）
語りの海　吉本隆明　平7・5　中公文庫
③新版・言葉という
思想☆（解題＝宮下和夫）
言葉からの触手　平7・8　河出文庫
（解＝吉本ばなな）
情況としての画像　平7・10　河出文庫
（解＝橋爪大三郎・
榎本陽介）
ダーウィンを超えて＊　平7・10　中公文庫
言葉の沃野へ　平8・4　中公文庫
書評集成・上
日本篇
言葉の沃野へ　平8・5　中公文庫
書評集成・下
海外篇

宮沢賢治　平8・6　ちくま学芸文庫
わが「転向」（解＝大塚英志）　平9・12　文春文庫
超資本主義　平10・1　徳間文庫
なぜ、猫とつきあうのか（解＝吉本ばなな）　平10・10　河出文庫
日本人は思想したか＊　平11・1　新潮文庫
共同幻想論　改訂新版（解＝中上健次　解題＝川上春雄）　平11・1　角川ソフィア文庫
夜と女と毛沢東＊　平12・7　文春文庫
追悼私記　平12・8　ちくま文庫
少年　平13・7　徳間文庫
柳田国男論・丸山真男論（解＝加藤典洋）　平13・9　ちくま学芸文庫
定本　言語にとって美とはなにか（Ⅰ）（解＝加藤典洋　解題＝川上春雄）　平13・9　角川ソフィア文庫
定本　言語にとって美とはなにか（Ⅱ）（解＝芹沢俊介　解題＝川上春雄）　平13・10　角川ソフィア文庫
私の「戦争論」＊　平14・7　ちくま文庫
最後の親鸞（解＝中沢新一）　平14・9　ちくま学芸文庫
吉本隆明の僕なら言うぞ！　平14・9　青春文庫
だいたいで、いいじゃない。＊（解＝富野由悠季）　平15・9　文春文庫
天皇制の基層＊　平15・10　講談社学術文庫
ハイ・イメージ論（Ⅰ、Ⅱ、Ⅲ）（解＝芹沢俊介）　平15・10～12　ちくま学芸文庫
遺書　平16・5　ハルキ文庫
悪人正機＊　平16・12　新潮文庫
吉本隆明対談選＊　平17・2　講談社文芸文

（解＝松岡祥男　年・著）

カール・マルクス　平18・3　光文社文庫
（解＝中沢新一）

夜と女と毛沢東＊　平18・3　光文社文庫
（解＝勢古浩爾）

読書の方法　平18・5　知恵の森文庫（のち光文社文庫）
（解＝齋藤愼爾）

初期ノート　平18・7　光文社文庫

ひきこもれ　平18・12　だいわ文庫

吉本隆明「食」を語る＊　平19・9　朝日文庫
（解＝道場六三郎）

日本近代文学の名作　平20・7　新潮文庫

詩の力　平21・1　新潮文庫
（『現代日本の詩歌』改題）

ぼくのしょうらいのゆめ＊　平21・5　文春文庫

老いの超え方　平21・8　朝日文庫
（解題＝森山公夫　年）

音楽機械論＊　平21・8　ちくま学芸文庫

夏目漱石を読む☆　平21・9　ちくま文庫
（解＝関川夏央）

対談　文学の戦後＊　平21・10　講談社文芸文庫
（解＝高橋源一郎）

書物の解体学　平22・6　講談社文芸文庫
（解＝三浦雅士　年・著）

父の像　平22・6　ちくま文庫
（解＝清岡智比古）

戦争と平和☆　平23・2　文芸社文庫

真贋　平23・7　講談社文庫

家族のゆくえ　平24・7　知恵の森文庫

13歳は二度あるか　平24・8　だいわ文庫

世界認識の方法　改版　平24・8　中公文庫
（解＝栗本慎一郎）

日本語のゆくえ☆　平24・9　知恵の森文庫

超恋愛論　平24・10　だいわ文庫

思想のアンソロジー　平25・1　ちくま学芸文庫

心的現象論序説　改訂新版（解＝森山公夫　三浦雅士　解題＝川上春雄）　平25・2　角川ソフィア文庫
マス・イメージ論（解＝鹿島茂　年・著）　平25・3　講談社文芸文庫
開店休業＊　平27・12　幻冬舎文庫
フランシス子へ（解＝中沢新一）　平28・3　講談社文庫
なぜ、猫とつきあうのか（解＝吉本ばなな）　平28・5　講談社学術文庫
吉本隆明　江藤淳　全対話＊（解説対談＝内田樹・高橋源一郎）　平29・2　中公文庫

単行本・文庫・全集のデジタルブック（電子書籍）やＤＶＤなどのＡＶ関連は割愛した。【単行本】には新書も含む。講演を収載したブックレット（小冊子）の類いは除いた。【全集】は著者の全集のみに留めた。／記号の＊印＝共著および対談や座談会、☆印＝講演やシンポジウムの記録集を示す。【文庫】の（　）内の略号は、解＝解説、案＝作家案内、年＝年譜、著＝著書目録の収載を示す。

（作成・高橋忠義）

初出　「短歌研究」一九九五年四月号～十月号、一九九六年一月号～八月号、一九九七年一月号～八月号、十月号、十一月号
底本　『写生の物語』二〇〇〇年六月　講談社
（ただし、本文中明らかな誤植と思われる箇所を正し、ふりがなを多少調整した。）

写生《しゃせい》の物語《ものがたり》
吉本隆明《よしもとたかあき》

二〇一七年四月一〇日第一刷発行

発行者――鈴木 哲
発行所――株式会社 講談社
東京都文京区音羽2・12・21 〒112-8001
電話 編集（03）5395・3513
販売（03）5395・5817
業務（03）5395・3615

デザイン―菊地信義
印刷――豊国印刷株式会社
製本――株式会社国宝社
本文データ制作―講談社デジタル製作
©Sawako Yoshimoto 2017, Printed in Japan
定価はカバーに表示してあります。

落丁本・乱丁本は購入書店名を明記のうえ、小社業務宛にお送りください。送料は小社負担にてお取替えいたします。なお、この本の内容についてのお問い合せは文芸文庫（編集）宛にお願いいたします。
本書のコピー、スキャン、デジタル化等の無断複製は著作権法上での例外を除き禁じられています。本書を代行業者等の第三者に依頼してスキャンやデジタル化することはたとえ個人や家庭内の利用でも著作権法違反です。

講談社文芸文庫

ISBN978-4-06-290344-8

講談社文芸文庫

安岡章太郎	犬をえらばば	小高 賢──解／鳥居邦朗──年
安岡章太郎	[ワイド版]月は東に	日野啓三──解／栗坪良樹──案
安原喜弘	中原中也の手紙	秋山 駿──解／安原喜秀──年
矢田津世子	[ワイド版]神楽坂｜茶粥の記 矢田津世子作品集	川村 湊──解／高橋秀晴──年
山川方夫	[ワイド版]愛のごとく	坂上 弘──解／坂上 弘──年
山城むつみ	文学のプログラム	著者──年
山城むつみ	ドストエフスキー	著者──年
山之口貘	山之口貘詩文集	荒川洋治──解／松下博文──年
山本健吉	正宗白鳥 その底にあるもの	富岡幸一郎─解／山本安見子─年
湯川秀樹	湯川秀樹歌文集 細川光洋選	細川光洋──解
横光利一	上海	菅野昭正──解／保昌正夫──案
横光利一	旅愁 上・下	樋口 覚──解／保昌正夫──年
横光利一	欧洲紀行	大久保喬樹─解／保昌正夫──年
与謝野晶子	愛、理性及び勇気	鶴見俊輔──人／今川英子──年
吉田健一	金沢｜酒宴	四方田犬彦─解／近藤信行──案
吉田健一	絵空ごと｜百鬼の会	高橋英夫──解／勝又 浩──案
吉田健一	三文紳士	池内 紀──人／藤本寿彦──年
吉田健一	英語と英国と英国人	柳瀬尚紀──人／藤本寿彦──年
吉田健一	英国の文学の横道	金井美恵子─人／藤本寿彦──年
吉田健一	思い出すままに	粟津則雄──人／藤本寿彦──年
吉田健一	本当のような話	中村 稔──解／鈴村和成──案
吉田健一	ヨオロッパの人間	千石英世──人／藤本寿彦──年
吉田健一	乞食王子	鈴村和成──人／藤本寿彦──年
吉田健一	東西文学論｜日本の現代文学	島内裕子──人／藤本寿彦──年
吉田健一	文学人生案内	高橋英夫──人／藤本寿彦──年
吉田健一	時間	高橋英夫──解／藤本寿彦──年
吉田健一	旅の時間	清水 徹──解／藤本寿彦──年
吉田健一	ロンドンの味 吉田健一未収録エッセイ 島内裕子編	島内裕子──解／藤本寿彦──年
吉田健一	吉田健一対談集成	長谷川郁夫─解／藤本寿彦──年
吉田健一	文学概論	清水 徹──解／藤本寿彦──年
吉田健一	文学の楽しみ	長谷川郁夫─解／藤本寿彦──年
吉田健一	交遊録	池内 紀──解／藤本寿彦──年
吉田健一	おたのしみ弁当 吉田健一未収録エッセイ 島内裕子編	島内裕子──解／藤本寿彦──年
吉田健一	英国の青年 吉田健一未収録エッセイ 島内裕子編	島内裕子──解／藤本寿彦──年

▶解＝解説 案＝作家案内 人＝人と作品 年＝年譜を示す。 2017年4月現在

講談社文芸文庫

吉田健一——[ワイド版]絵空ごと|百鬼の会　高橋英夫——解／勝又 浩——案
吉田健一——昔話　島内裕子——解／藤本寿彦——年
吉田知子——お供え　荒川洋治——解／津久井 隆——年
吉田秀和——ソロモンの歌|一本の木　大久保喬樹-解
吉田 満——戦艦大和ノ最期　鶴見俊輔——解／古山高麗雄-案
吉田 満——[ワイド版]戦艦大和ノ最期　鶴見俊輔——解／古山高麗雄-案
吉村 昭——月夜の記憶　秋山 駿——解／木村暢男——年
吉本隆明——西行論　月村敏行——解／佐藤泰正——案
吉本隆明——マチウ書試論|転向論　月村敏行——解／梶木 剛——案
吉本隆明——吉本隆明初期詩集　著者——解／川上春雄——案
吉本隆明——吉本隆明対談選　松岡祥男——解／高橋忠義——年
吉本隆明——書物の解体学　三浦雅士——解／高橋忠義——年
吉本隆明——マス・イメージ論　鹿島 茂——解／高橋忠義——年
吉本隆明——写生の物語　田中和生——解／高橋忠義——年
吉屋信子——自伝的女流文壇史　与那覇恵子-解／武藤康史——年
吉行淳之介-暗室　川村二郎——解／青山 毅——案
吉行淳之介-星と月は天の穴　川村二郎——解／荻久保泰幸-案
吉行淳之介-やわらかい話2 吉行淳之介対談集 丸谷才一編　久米 勲——年
吉行淳之介-街角の煙草屋までの旅 吉行淳之介エッセイ選　久米 勲——解／久米 勲——年
吉行淳之介-詩とダダと私と　村松友視——解／久米 勲——年
吉行淳之介編-酔っぱらい読本　徳島高義——解
吉行淳之介編-続・酔っぱらい読本　坪内祐三——解
吉行淳之介編-最後の酔っぱらい読本　中沢けい——解
李恢成——サハリンへの旅　小笠原 克——解／紅野謙介——案
李恢成——流域へ 上・下　姜 尚 中——解／著者——年
リービ英雄-星条旗の聞こえない部屋　富岡幸一郎-解／著者——年
リービ英雄-天安門　富岡幸一郎-解／著者——年
早稲田文学 市川真人編-早稲田作家処女作集　市川真人——解
和田芳恵——ひとつの文壇史　久米 勲——解／保昌正夫——年

アポロニオス／岡 道男 訳
アルゴナウティカ　アルゴ船物語　岡 道男——解

荒井 献 編
新約聖書外典

荒井 献 編
使徒教父文書

アンダソン／小島信夫・浜本武雄 訳
ワインズバーグ・オハイオ　浜本武雄——解

ゲーテ／柴田 翔 訳
親和力　柴田 翔——解

ゲーテ／柴田 翔 訳
ファウスト（上）（下）　柴田 翔——解

関根正雄 編
旧約聖書外典（上）（下）

セルー、P／阿川弘之 訳
鉄道大バザール（上）（下）

ドストエフスキー／小沼文彦・工藤精一郎・原 卓也 訳
鰐　ドストエフスキー ユーモア小説集　沼野充義——編・解

ドストエフスキー／井桁貞義 訳
やさしい女｜白夜　井桁貞義——解

ナボコフ／富士川義之 訳
セバスチャン・ナイトの真実の生涯　富士川義之—解

フォークナー／高橋正雄 訳
響きと怒り　高橋正雄——解

フォークナー／高橋正雄 訳
アブサロム、アブサロム！（上）（下）　高橋正雄——解

ベールイ／川端香男里 訳
ペテルブルグ（上）（下）　川端香男里—解

ボアゴベ／長島良三訳
鉄仮面(上)(下)

ボッカッチョ／河島英昭訳
デカメロン(上)(下)　河島英昭——解

マルロー／渡辺淳訳
王道　渡辺 淳——解

ミラー、H／河野一郎訳
南回帰線　河野一郎——解

メルヴィル／千石英世訳
白鯨　モービィ・ディック(上)(下)　千石英世——解

モーム／行方昭夫訳
聖火　行方昭夫——解

モーリアック／遠藤周作訳
テレーズ・デスケルウ　若林 真——解

魯迅／駒田信二訳
阿Q正伝|藤野先生　稲畑耕一郎–解

ロブ=グリエ／平岡篤頼訳
迷路のなかで　平岡篤頼——解

講談社文芸文庫

吉本隆明
写生の物語
古代歌謡から俵万智までを貫く歌謡の本質とはなにか？　読み手として和歌に寄り添いつづけた詩人・批評家が、その起源から未来までを広く深い射程で考察する。
解説＝田中和生　年譜＝高橋忠義
よB8
978-4-06-290344-8

徳田秋声
黴　爛
自身の結婚生活や紅葉との関係など徹底した現実主義で描いた「黴」と、その文名を不動のものにした「爛」。自然主義文学の巨星・秋声の真骨頂を示す傑作二篇。
解説＝宗像和重　年譜＝松本　徹
とC3
978-4-06-290342-4

三木　清
三木清大学論集
大澤　聡編
吹き荒れる時代の逆風の中、真理を追究する勇気を持ち続けた哲学者、三木清。時代の流れに対し、学問はいかなる力を持ち得るのか。「大学」の真の意義を問う。
解説＝大澤　聡　年譜＝柿谷浩一
みL3
978-4-06-290345-5

講談社文芸文庫ワイド
不朽の名作を一回り大きい活字と判型で

白洲正子
古典の細道
古典に描かれた人々の息吹の残る土地を訪ね、思いを馳せた名随筆集。
作家案内＝勝又　浩　年譜＝森　孝一
（ワ）しA1
978-4-06-295513-3